까자꼬프의 길 이야기

까자꼬프의 길 이야기

방교영 著

길 떠나기는 곧 자아인식의 시작이다.

길 떠나기를 통해 일상의 제약에서 벗어났다면, 길에서의 다양한 경험은 인생에 대한 성찰의 기회를 제공하여,
현실 삶 속의 여러 정신적 문제를 극복할 수 있게 한다. 까자꼬프는 소외와 고독, 무관심과 권태가 인간의 근원적
정신적 문제라고 보았으며, 이러한 문제를 깊이 탐구하고 그 해결책을 모색하고자 했던 것이다.

한국학술정보㈜

책머리에

까자꼬프의
길이야기

 까자꼬프가 제시하는 길은 아름다운 묘사와 서정성을 갖는 배경 이상의 의미를 갖는다. 문학의 궁극적 과제가 인간의 의식의 흐름을 표현하는 것이라고 여겼던 작가가 길을 통하여 묘사하는 것은 인간 정신세계의 발전과정이었다. 까자꼬프가 탐구하는 인간의 정신세계는 길 떠나기, 길에서 형성되는 인간관계의 경험, 나아가 보편적 진리에 이르는 자아발견의 과정으로 요약된다.

 작가가 제시하는 길 떠나기는 곧 자아인식의 시작이다. 길 떠나기를 통해 일상의 제약에서 벗어났다면, 길에서의 다양한 경험은 인생에 대한 성찰의 기회를 제공하여, 현실 삶 속의 여러 정신적 문제를 극복할 수 있게 한다. 까자꼬프는 소외와 고독, 무관심과 권태가 인간의 근원적 정신적 문제라고 보았으며, 이러한 문제를 깊이 탐구하고 그 해결책을 모색하고자 했던 것이다. 이들 주인공은 남녀관계를 통해 자신의 본성을 깨닫고, 부자관계를 성찰함으로써 순환하는 인간관계의 본질을 이해하여 소외와 고독에서 벗어나 위안을 얻는다.

 작가가 탐구하는 현대인의 소외와 고독, 무관심과 권태의 문제는 개인주의, 이기적인 사고에서 비롯된다. 개인주의에서 벗어나 전일적 세계관을 갖게 될 때, 인간은 진정한 자아를 발견하고 보편적 진리에 도달한다.

 음악 연주가로 활동했던 까자꼬프는 음악, 미술, 문학 등의 예술과 인간 정신세계의 내밀한 상호관계에 주목하였으며, 진정한 예술의 발현을 통하여 인간의 정신세계가 확장될 수 있다고 보았다. 예술을 통해 현대인의 여러 정신적 문제를 해결하고, 개인주의적 사고에서 벗어나 보편적 가치를 발견하는 것이다. 까자꼬프의 길은 자연을 향하는 공간 이다. 자연은 인간을 있는 그대로 받아들이고 위로하며, 인간 내부의 가장 아름다운 본성과 재능을 일깨운다. 그들은 자연과 자신이 서로 연 결되어 있다는 전일적 사고에 이르고, 직선적 시간 개념을 넘어 순환적 시간 개념의 세계로 의식의 확장을 경험한다. 시간은 과거·현재·미래 의 경계가 와해되면서 등장인물들의 의식 속에서 동시성을 획득한다. 까자꼬프는 인간과 자연을 하나의 단일체라고 여겼으며, 현대인의 불행 과 정신적 병폐가 자연과 인간의 관계회복을 통하여 치유될 수 있다고 보았다. 까자꼬프의 길이 자연으로 향하는 이유는 등장인물들이 자연으 로부터의 단절, 즉 소외를 극복하고, 자연과의 교감을 통하여 자연과의 전일성을 확인하고 조화를 이루기 위함이다.

작가는 인간 중심적 세계관에서 벗어나 보다 보편적이며 객관적 시 각에서 인간을 관찰하고 탐구하고자 하였다. 까자꼬프 서정성의 핵심이 되는 시각·청각·후각·미각 등 감각을 통한 묘사 기법 역시 인간 인식 의 한계를 수용하고 보다 보편적 세계관을 표현하기 위한 수단이었다. 까자꼬프의 길은 단순한 배경의 차원을 넘어 작가의 철학적 의도를 파 악할 수 있는 요소일 뿐 아니라, 자연을 향하는 공간으로서 인간과 자 연의 조화를 드러내는 장치로 제시된다.

우리나라에 잘 알려지지 않은 러시아의 단편작가 유리 까자꼬프에 관한 글을 흔쾌히 출판해 주신 한국학술정보(주)에 감사드린다. 부족한 글을 읽어주시고 지도편달을 아끼지 않으신 장실 교수님께 깊은 감사 의 마음을 전하고 싶다. 마지막으로 언제나 따뜻한 울타리가 되어준 나 의 가족, 특히 헬레나와 요한에게 사랑을 전한다.

목 차

I
서 론

1. 연구목적과 선행연구

유리 파블로비치 까자꼬프(Юрий Павлович Казаков, 1927-82)는 러시아 문학 최후의 고전작가 중 한 사람으로, 문학이 존재하고 러시아인이 문학을 사랑하는 한 영원하리라[1]고 칭송받는 단편작가이다. 러시아의 대표적 단편작가인 체호프(А. Чехов), 부닌(И. Бунин), 파우스토프스키(К. Паустовский) 등의 전통을 이어받고 있다[2]고 평가받는 까자꼬프는 1950년대 중반부터 1970년대 후반까지 약 20여 년간 작품 활동을 하는 동안 그다지 많지 않은 분량의 작품을 남겼다. 그럼에도 불구하고 까자꼬프의 작품은 발표되자마자 러시아 국내는 물론 해외에서 여러 외국어로 번역되어 널리 읽히고 있으며, 이를 계기로 까자꼬프는 두 차례 해외문학상을 수상하는 등 국제적 명성을 얻게 된다.[3]

---

1) Е. Ш. Галимова, *Художественный мир Юрия Казакова* (Архангельск: Издательство Поморского государственного педагогического университета, 1992), с. 3.

2) Wolfgang Kasack, Dictionary of Russian Literature since 1917, (New York: Columbia University Press, 1988), pp.165-166.

3) И.С.Кузьмичев, *Юрий Казаков Набросок портрета* (Ленинград: Советский писатель ленинградское отделение, 1986), с. 236-237.
Международная известность, нужно напомнить, пришла к Казакову рано, еще до появления сборника ≪На полустанке≫. А в шестидесятые годы его постоянно печатали и в Чехословакии и в Польше, в Англии и в Югославии, в Париже присудили премию за лучшую иностранную книгу, переведенную в 1962 году на французский язык, а в Италии почтили в 1970 году Дантовский премией. Позже география переводов казаковской прозы значительно расширялась: его книги увидели свет в Индии, Таиланде, Испании, Норвергии, Голландии,

까자꼬프가 이렇게 널리 읽히고 해외문학상을 수상하게 된 배경에는 그의 독특한 문학세계가 결정적 역할을 하고 있다. 그의 문학세계는 자연과 인간의 조화로운 삶이란 그의 철학이 독창적인 서정적 문체를 바탕으로 펼쳐진 일종의 철학과 문학이 어우러진 세계이다. 이 세계에는 길이라는 공간이 등장하는데, 이 길이야말로 이 작품세계를 이해하기 위한 결정적 열쇠가 된다. 갈리모바가 주장한 것처럼 까자꼬프의 작품 중 길 또는 여행 모티프가 제시되지 않는 경우는 거의 없다. 동시에 등장인물들 역시 다양한 상황에서 각기 다른 길을 가고 있어, 움직임이 없는 정적인 인물을 발견하기 힘들다.4) 이는 까자꼬프가 독자들에게 끊임없이 제시하는 길이 단순한 공간적 배경 이상의 의미를 가질 것이란 가능성을 시사하고 있다. 이와 같은 이유에서 필자는 본 연구를 통하여 까자꼬프의 작품에 등장하는 길의 의미를 분석하고 이와 관련된 작가의 의도를 규명해 보고자 한다.

길의 주제나 모티프는 까자꼬프만의 고유 영역은 아니다. 잘 알려진 바와 같이, 주제, 모티프로서의 길은 세계문학의 오랜 전통의 하나로 존재하고 있다. 그러나 러시아 문학에 나타나는 길은 특별한 의미를 가진다. 고골은 '자신의 정신적 치유를 위한 최고의 수단은 바로 여행(была езда и дорожная тряска)이었다.'라고 말한 바 있는데, 이러한 여행에 대한 특별한 입장을 가체프(Г. Гачев)는 러시아의 광활한 영토, 바

Швейцарии, США, ФРГ и в других странах на всех континентах. Довелось писателю побывать в те годы в Румынии, Болгарии, ГДР, где к его прозе тоже относились с большим пиететом.

작품집 ≪간이역에서≫가 출간되기도 전 까자꼬프가 이미 국제적 명성을 얻었다는 사실을 상기할 필요가 있다. 60년대에 체코, 폴란드, 영국과 유고 등에서 연이어 그의 작품이 출판되었으며, 파리에서는 1962년 프랑스어로 출판된 작품집에 최고의 외국어 작품상을, 이탈리아에서는 1970년에 단테 상을 수여하였다. 이후 까자꼬프의 작품은 인도, 대만, 스페인, 노르웨이, 네덜란드, 스위스, 미국, 서독 및 그 외 대륙과 국가 등 더 넓은 지역에서 번역되었다. 그 무렵 작가는 그의 산문에 열광적인 루마니아, 불가리아, 동독 등을 방문할 수 있었다.

4) Е. Ш. Галимова, 앞의 책, с. 6.

로 그 공간이 러시아인의 사고방식과 삶에 지대한 영향을 끼쳤고, 그 결과 러시아 문학에서 길은 다른 외국 문학에서 찾아볼 수 없는 독특한 위치를 차지하게 되었다고 분석한다.[5] 러시아인의 수평적 사고의 형성은 러시아의 광활한 영토와 긴밀히 연결되고 있다. 나아가 '신을 숭배하는 사람(божий человек)'을 러시아어로 '여행자'를 뜻하는 '순례자(странник)'라 지칭하였던 것 역시 길에 대한 러시아인의 정서를 반영하는 것[6]이다. 이렇듯 길이란 단어 자체가 러시아인의 삶 속에 스며들어 예술로 승화되었던 것이다.[7]

카람진의 『러시아 여행자의 편지(Письма русского путешественника)』에 나타나는 감상적 여행, 라지쉐프의 『뻬쩨르부르그에서 모스크바까지의 여행(Путешествие из Петербурга до Москвы)』의 길, 레르몬토프의

---

5) Г. Гачев, *Национальные образы мира* (Москва, 1988), с. 122-123.

Символично, что происшествие в новелле происходит на железной дороге, кот орая как раз и стремится в идеале к непрерывной прямой. А эта линия, если столь, например, возможна и естественна на русской равнине, <u>в дали и ≪беск онечной просторе≫ (Гоголь)-недаром же путь, дорога есть средоточие русск ой поэзии, ее центральный мотив</u>, то Болгарии с ее миниатюрно дифференцир ованным пейзажем: горы Балкан, непросторные долины, маленькие, извилисты е реки, -дорога, а особенно железная, вынуждена вьюном виться, крутиться и выкручиваться-чувствует себя совершенно нелепо. <u>Поэзия болгарии-не в гор изонтальпой связи, странничестве, тяготении в даль, но во врастании, пускани и крепких и разветвленных корней в той или иной котловине-нижней сторон е закругленного болгарского космоса.</u> [밑줄-인용자]

직선으로 뻗어 있는 철로에서 소설의 사건이 일어난다는 것은 상징적이다. 예를 들어 그러한 직선은 러시아 평원에서 ≪끝없는 공간≫(고골)과 저 먼 곳까지 자연스럽게 펼쳐진다. 그래서 길은 러시아시의 중심이고 핵심 모티브인 것이다. 그러나 발칸 산, 좁은 계곡, 작고 구불구불한 강(江) 등과 같이 크게 다를 바 없는 자그마한 풍경의 불가리아에서 길, 특히 철로는 미꾸라지처럼 비틀고 꼬여 퍽 불편해 보인다. 불가리아의 시는 수평적 관계, 여행, 저 먼 곳을 향한 이끌림이 아니라, 둥근 불가리아 우주의 낮은 층위 이곳저곳의 분지를 향하여 단단한 뿌리를 뻗어 내리는 것과 같다.

6) Там же, с. 117.

7) И.С.Кузьмичев, (Ленинград, 1986), с. 76-77.

『우리 시대의 영웅(Герой нашего времени)』에서 뻬초린의 고독한 여행, 고골의 『죽은 혼(Мёртвые души)』에서 제시되는 러시아의 웃음과 여행, 그리고 네크라소프의 서사시 『루시는 누구에게 살기 좋은가?(Кому на Руси жить хорошо?)』에서의 사회적이며 서정적인 길, 톨스토이의 『전쟁과 평화(Война и мир)』에서 군의 험난한 길8), 체호프의 『초원(Степь)』의 길, 그리고 코롤렌코의 『방랑자』, 여행을 즐기던 고리키의 『주인공』 등에서 러시아 문학의 전통 속의 길을 발견할 수 있다. 이처럼 길은 오래전부터 폭넓은 의미를 차지하며 러시아 문학에 존재해 왔다. 이와 같은 러시아 문학의 전통은 19세기를 거쳐 20세기에도 계승, 발전된다.

까자꼬프 작품에 나타나는 길 연구에 앞서, 현재까지 까자꼬프의 길에 관한 연구방향을 정리할 필요가 있다. 까자꼬프 연구자들은 모두 작가의 문학세계에서 길의 공간이 중요한 의미를 갖는다는 데에는 의견을 같이한다.

꾸지미체프는 까자꼬프의 창작과정에서 작가 자신의 여행이 상당 부분 직접 반영되고 있음을 밝히고 있다. 작가의 여행을 통한 인상 그리고 다양한 만남의 경험이 작품 속에서 분위기와 상황 설정에 직접적인 영향을 끼치고 있다는 것이며, 길의 기운과 색(дорожный дух и колорит)이 작품의 근간을 이루면서 작가의 시학(поэтика)에 반영된다고 주장한다. 또한 꾸지미체프는 까자꼬프에게 여행, 길 그리고 길과 관련된 모든 것에 대한 작가의 애정이 창작 활동만큼이나 중요한 의미를 갖는다고 보았다. 나아가 '길(дорога)'이란 단어 자체가 작가의 예술 속에 녹아들었다고 주장한다.9) 『Юрий Казаков-набросок портрета(1986)』와 『Юрий Казаков: Две Ночи-Проза. Заметки. Наброски(1986)』와 같은

---

8) В. А. Старикова, "Образ дороги в произведениях Чехова и Левитана," *Творческий метод А. П. Чехова* (Ростов-на-Дону, 1983), с. 94-95.

9) И. С. Кузьмичев, *Две Ночи. Проза. Заметки. Наброски*, (Москва; современник, 1986), с. 15.

저술을 통해 꾸지미체프는 까자꼬프의 문학세계를 이해할 수 있는 기
본 자료를 제시하고, 까자꼬프의 창작과정 및 예술세계에서 길이 갖는
문학적 의미를 환기시켜 준다. 그러나 길이 가지는 중요성을 이렇게 거
시적으로 제시하면서도 그는 각 작품에 드러난 길의 의미를 체계적으
로 규명하지는 못했다.

게르쉬꼬비치는 길의 메타포가 중요한 의미를 갖는다고 인정하고, 길
이야말로 경험을 위한 효과적인 수단이라고 정의한다. 또한 까자꼬프가
「북방일기(Северный дневник)」와 같은 작품에서 길을 예찬한 부분을
높이 평가한다.10) 게르쉬꼬비치는 까자꼬프에게 길의 공간이 갖는 의미
를 정확하게 지적하고는 있으나, 그 의미를 보다 심화하고 체계화하지
는 않고 있다.

체꿀리나는 길의 형상(образ дороги)이 작가의 모든 작품을 연결하는
요소이고, 나아가 전체 단편들을 단일한 작품(целостное произведение)
으로 읽힐 수 있게 한다고 해석하였다.11) 또한, 까자꼬프의 문학에서
길과 여행의 테마는 인간의 정신세계를 규정하는 메타포로 기능한다고
보아12), 길이 까자꼬프의 문학에서 등장인물의 정신세계를 탐구하는 역
할을 할 가능성을 시사하고 있다. 체꿀리나는 길이 까자꼬프의 문학에
서 차지하는 중요성을 강조하고 또 정신세계와 밀접하게 관련되어 있
음을 밝히고 있다. 하지만 체꿀리나의 연구는 까자꼬프의 서정성, 철학,
등장인물과 자연 등의 문제를 중심으로 이루어지고 있어 길의 공간을
토대로 하는 보다 구체적인 논증이 충분치 못하다.

---

10) Roman Gershkovich, Iurii Kazakov(1927−1982): Growth of the Writers Consciou-
sness, (Cornell University), pp.215−217.

11) Н. Чекулина, Лирическая проза Юрия Казакова(проблематика и жанровые особ
енности, (Афтореферат кандидатской диссертации, Москва, 1984), с. 11.

12) Н. А. Чекулина, "Проблема героя в ранних рассказах Юрия Казакова(сборник
≪На полустанке≫)," *Вопросы литературы, Ученные записки Ташкентского Го
сударственного Педагогического Университета им. Низама*, том 130, (Ташкент,
1974), с. 65.

갈리모바는 최초로 작가의 길에 대한 직접적인 연구를 시도하였다.[13] 갈리모바는 문학사적 관점에서 동시대의 문학 흐름과 길의 문학적 의의를 규명하고, 까자꼬프의 몇 작품에서 길이란 공간이 갖는 의미를 탐구하였다. 그러나 갈리모바는 개별 작품의 연구를 체계화하여 까자꼬프의 문학 전체를 규명할 수 있는 총체적 결론을 도출해 내지는 못했다.

한마디로 말해 기존의 연구는 길 주제에 따른 까자꼬프의 철학적 의도를 지적하지 못하였다. 따라서 본 논문에서는 까자꼬프의 길을 보다 체계적으로 분석하여 작품 속의 등장인물들과 길의 상관관계를 밝히고 궁극적으로 작가의 세계관에 접근하고자 한다. 길의 의미는 인간 정신 세계의 발전과정, 즉 자아발견의 과정으로서 분석될 것이다. 까자꼬프가 제시하는 자아발견의 과정은, 길 떠나기를 통한 첫 단계인 모태를 벗어나 홀로 서기, 길 위에서 이루어지는 내면과 인생에 대한 성찰, 나아가 예술·자연·인간관계를 통하여 보편적 진리를 깨닫는 궁극적인 자아발견으로 이어진다. 길의 주제를 통해 작가가 제시하는 인간의 보편적 가치에 대해 분석함으로써 까자꼬프만의 고유한 문학세계와 세계관의 근본을 밝히는 것이 본 논문의 목적이다.

---

13) 갈리모바의 『유리 까자꼬프의 예술세계(Художественный мир Юрия Казакова)』는 모두 4장(章)으로 구성된다. 1장 Дороги Юрия Казакова, 2장 Тихий зов севера, 3장 《Не могу уйти от рассказа……》 или 《Вся жизнь—одна ли, две ли ночи……》, 4장 Наследник по прямой.
『유리 까자꼬프의 예술세계(Художественный мир Юрия Казакова)』의 1장에서 갈리모바는 러시아 현대문학과 길 전통을 개괄하고, 까자꼬프 일부 작품을 예로 분석하고 있다. 2장에서는 까자꼬프의 북부라는 공간의 문학적 의미를 찾고 있으며, 3장에서는 까자꼬프가 천부적인 단편작가라고 주장한다. 4장에서는 까자꼬프가 카람진, 투르게네프, 체호프 부닌 등의 영향을 받았고, 러시아 문학전통을 계승하고 있다는 결론을 내린다.
갈리모바는 까자꼬프에 대한 전반적인 연구서의 총 4장에서 한 장(章)을 길 연구에 할애함으로써, 작가의 문학세계에서 길이 갖는 중요성을 확인시켜준다.

2. 연구방법

본 연구에서는 텍스트 분석을 통하여 까자꼬프의 작품에 제시되는 길의 의미를 외재적·내재적 특성에 따라 고찰하고자 한다.

길의 외재적 특성을 밝히기 위해 길의 방향, 길에서의 동반자 관계 등을 중심으로 길의 유형을 분류하고, 길 배경 묘사의 서정적 특성을 분석할 것이다. 여기에서 길 유형 분류는 ≪Избранное. рассказы север ный дневник, (Москва; Художественная литература, 1985)≫에 실린 단편 및 중편 25편의 모든 작품과 ≪Во сне ты горько плакал, (Москв а: Современник, 2000)≫의 세 단편 「사냥 중에(На охоте,1956)」, 「시계소리(Звон брегета, 1959)」, 「길을 가다가(По дороге, 1960)」, ≪Мань ка, (Архангельское книжное издательство, 1958)≫ 의 단편 「섬에서(На острове, 1958)」 등을 그 대상으로 하였다.

배경 묘사의 공통적 특성을 찾기 위해서는 「밤(Ночь, 1955)」, 「고요한 아침(Тихое утро, 1954)」, 「참나무 숲의 가을(Осень в дубовых леса х, 1961)」 등의 단편을 중심 대상으로 삼았다.

길의 내적 특성을 밝히는 과정에서는 우선 「테디(Тэдди, 1956)」, 「파랑과 초록(Голубое и зеленое, 1956)」, 「길을 가다가(По дороге, 1960)」 등의 단편을 중심으로 작중인물이 경험하는 길 떠나기가 정신적으로 모태를 벗어나는 자아 성숙의 단계임을 고찰하고자 한다. 길 떠나기가 지니는 성숙을 위한 통과의례로서의 의미를 밝힌 후에는 길에서의 구체적인 경험에 연구의 초점을 맞출 것이다.

까자꼬프의 등장인물들은 길에서 예기치 못한 만남과 이별을 체험하는데, 길이 제공하는 제한된 공간과 시간 속에서 이루어지는 만남과 이별은 일상의 그것보다 훨씬 강하게 등장인물의 내면에 영향을 미치고 있다. 한편, 까자꼬프의 자연은 살아 있는 인격체로 등장하기도 하는데, 자연은 인간의 절친한 친구이자 위로자이며 잠재된 재능을 일깨우는 스승이다. 까자꼬프의 길은 자연으로 향하는 공간이고 자연은 등장인물의 내면에 역동적인 영향을 끼치고 있으며 또 인간의 슬픔과 고통을 위로하고 그들이 본래의 자신을 찾도록 도와준다. 결국 까자꼬프의 등장인물들은 길에서 예기치 못한 만남과 이별을 경험하고, 자연을 향함으로써 내적 변화의 과정, 즉 자아의 발견을 이루게 된다.

여기서는 길에서 형성되는 다양한 인간관계를 통한 정신세계 및 인생에 대한 사유의 과정, 즉 자아성찰의 단계를 관찰하려 한다. 길에서의 경험을 통해 등장인물들이 소외와 고독, 무관심과 권태와 같은 현대인의 정신적 문제를 성찰하고 극복하고 있음을 밝히려는 것이다. 「저기 개가 달려가네요!(Вон бежит собака, 1961)」, 「못생긴 여자(Некрасивая, 1956)」, 「사냥 중에」, 「촛불(Свечечка, 1973)」을 중심으로 까자꼬프가 제시하는 소외와 고독의 문제를, 「간이역에서(На полустанке, 1954)」, 「도시로(В город, 1960)」, 「섬에서」, 「뜨랄리 발리(Трали-вали, 1959)」에서는 무관심과 권태의 문제를 다룰 것이다.

나아가, 마지막 단계로 인간과 인생에 관한 보편적 진리에 이르는 까자꼬프의 자아발견이 궁극적으로 예술, 인간, 자연과 인간의 긴밀한 상호관계에서 비롯되고 있음을 밝히고자 한다.

본고의 1장 서론에서는 까자꼬프 문학작품에 나타나는 길 연구의 목적을 밝히고 기존의 연구를 개괄하고 연구방법을 제시하고 있다.

2장에서는 까자꼬프의 작품에 나타나는 길을 유형별로 분류하고 길 배경이 갖는 묘사의 특성을 밝힘으로써, 길의 의미를 연구하기 위한 토대를 마련하고자 한다. 우선, 작가가 제시하는 다양한 길을 방향성을 기준으로 시골로 가는 길과 도시로 가는 길로 분류하고, 길에서 형성되는 동반자 관계를 중심으로 남녀관계가 중심이 되는 길, 부자관계가 중심이 되는 길, 홀로 가거나 서너 명의 동행인과 함께하는 길, 동물이 주인공인 길로 그 유형을 나누어 체계화할 것이다. 까자꼬프의 주된 배경인 길을 묘사의 관점에서 분석하여 작가가 길이란 배경을 자주 제시하는 궁극적인 의도에 접근하고자 한다.

3장에서는 길 떠나는 행위를 통하여 알료샤, 스네기로프, 테디 등의 등장인물이 체험하는 미성숙의 극복, 나아가 어머니의 보호를 벗어나 자유를 획득하는 과정을 분석할 것이다.

4장에서는 길을 가면서 다양한 경험을 하는 등장인물의 내면 변화에 주목할 것이다. 작가는 소외와 고독, 무관심과 권태 등을 인간의 근원적 문제로 제시하고 있다. 등장인물들이 이와 같은 인간의 내적 문제를 어떻게 느끼고 극복하는지 그 과정을 체계적으로 밝힐 것이다.

5장에서는 길과 인간의 문제를 예술, 인간 그리고 자연을 통하여 해석할 것이다. 까자꼬프가 길이라는 장치를 통해 인간의 정신세계를 탐구하고, 소외와 고독, 무관심과 권태 등의 문제를 제기하면서 예술과 인간관계 그리고 자연과 인간의 전일성에서 그 해답을 찾고 있음을 고찰할 것이다.

II

다양한
길의 모습

길은 '사람이나 동물 또는 자동차 따위가 지나갈 수 있게 땅 위에 낸 일정한 너비의 공간, 물 위나 공중에서 일정하게 다니는 곳'으로 실제적인 공간을 의미한다. 동시에 길은 '시간의 흐름에 따라 개인의 삶이나 사회적·역사적 발전이 전개되는 과정, 사람이 삶을 살아가거나 사회가 발전해 가는 데에 지향하는 방향, 지침, 목적이나 전문 분야'[1]라는 은유적 의미로 사용되기도 한다.

길은 문학에서도 공간적 의미뿐만 아니라, 은유적·추상적 의미로 해석되고 있다. 이 장에서는 까자꼬프의 모든 작품에 거의 빠짐없이 제시되는 길을 외재적 특성과 내재적 특성으로 구분하여 분석하고자 한다. 분석과정에서 공간으로서의 길 연구는 궁극적으로 작품의 주제와 연결되고 작가의 세계관과 연결되는 까닭에, 길의 의미는 결국 자연스럽게 은유적이고 추상적인 의미 분석으로 귀결된다.

우선, 까자꼬프의 작품에 나타난 길을 유형별로 나누어 그 배경과 묘사의 특징을 밝힘으로써 길의 외재적 특성을 규명해 보겠다. 길의 외재적 특성을 규명하기 위해 필자는 먼저 까자꼬프의 작품 속에 나타나는 길의 유형을 구분하고 그 유형에 따른 배경 묘사의 특징을 찾아보았다.

---

1) 국립국어연구원, 『표준국어대사전』(서울: 두산동아, 1999), p.930.

1. 다양한 유형의 길

까자꼬프의 길이 지닌 내재적 의미를 밝히는 선결과제로서, 작품 분석을 통한 몇 가지 분류 기준에 따라 길의 유형을 설정하였다.[2) 우선 길의 외재적 특성을 중심으로 길을 분류하고, 길에서 엮이는 인간관계라는 기준에 따라 길의 유형을 나누었을 때 다음과 같은 두 가지 기준을 세울 수 있다. 까자꼬프가 제시하는 길은 방향성과 길에서의 동반자 관계를 중심으로 다음과 같이 분류된다.

첫째, 길의 방향성을 기준으로 분류

(가) 시골로 가는 길

「고요한 아침(Тихое утро, 1954)」

「밤(Ночь, 1955)」

「순례자(Странник, 1956)」

「못생긴 여자(Некрасивая, 1956)」

「테디(Тэдди, 1956)」

「사냥 중에(На охоте, 1956)」

「파랑과 초록(Голубое и зеленое, 1956)」

---

2) 본고의 길 유형 분류는 『Юрий Казаков, Избранное рассказы северный дневник』 (Москва; Художественная литература, 1985)의 단편 및 중편 25편의 모든 작품과 『Юрйи Казаков, Во сне ты горько плакал』(Москва: Современник, 2000)에 수록된 세 단편 「사냥 중에(На охоте, 1956)」, 「시계소리(Звон брегета, 1959)」, 「길을 가다가(По дороге, 1960)」《Манька, (Архангельское книжное издательство, 1958)》에 수록된 단편 「섬에서(На острове, 1958)」를 대상으로 한다. 이후 작품 인용은 각 인용문 끝에 쪽수만 괄호 안에 표기하기로 한다.

「사냥개 알크투르(Гончий пес-Арктур, 1957)」,

「만까(Манька, 1958)」

「섬에서(На острове, 1958)」

「두 노인(Старики, 1958)」

「뜨랄리 발리(Трали-вали, 1959)」

「길을 가다가(По дороге, 1960)」

「이도 저도 아니다(Ни стуку, ни грюку, 1960)」

「까비아씨(Кабиасы, 1961)」

「저기 개가 달려가네요!(Вон бежит собака, 1961)」

「참나무 숲의 가을(Осень в дубовых лесах, 1961)」

「빵 냄새(Запах хлеба, 1961)」

「12월의 두 사람(Двое в декабре, 1962)」

「아담과 이브(Адам и Ева, 1962)」

「숙박(Ночлег, 1963)」

「울며 통곡하며……(Плачу и рыдаю……, 1963)」

「저주받은 북방(Проклятый север, 1964)」

「북방일기(Северный дневник, 1972)」

「촛불(Свечечка, 1973)」

「너는 꿈속에 서럽게 울었지(Во сне ты горько плакал, 1977)」

(나) 도시로 가는 길

「간이역에서(На полустанке, 1954)」

「시계소리(Звон брегета, 1959)」

「도시로(В город, 1960)」

둘째, 길에서의 동반자 관계를 기준으로 분류

(가) 남녀관계가 중심이 되는 길

「섬에서」   「아담과 이브」
「12월의 두 사람」   「간이역에서」
「순례자」   「만까」
「못생긴 여자」   「파랑과 초록」
「도시로」   「저기 개가 달려가네요!」
「참나무 숲의 가을」   「뜨랄리 발리」

(나) 부자관계가 중심이 되는 길

「사냥 중에」   「빵 냄새」
「촛불」   「너는 꿈속에 서럽게 울었지」

(다) 홀로 가거나 서너 명의 동행인과 함께하는 길

「고요한 아침」   「길을 가다가」
「밤」   「숙박」
「두 노인」   「까비아시」
「울며 통곡하며……」   「시계소리」
「이도 저도 아니다」   「저주받은 북방」
「북방일기」

(라) 동물이 주인공인 길

「테디」   「사냥개 알크투르」

까자꼬프의 길은 대개 경우 도시에서 자연으로 향하거나, 북부의 산과 바다 등의 자연을 향하고 있다. 또한 상당수의 작품에서 길은 산, 강, 바다 등의 자연 속에 존재하고 있다. 이와 같은 분류는 까자꼬프의 길이 궁극적으로 자연을 향하고 있는 공간임을 시사한다.

다만, 극소수의 작품에서 농촌에서 도시로 향하는 길을 향한 작중인물의 열망이 드러난다. 분석 대상에 포함된 작품에는 예외적으로 도시를 향한 강한 열망을 보이는 등장인물들이 있는데, 이러한 경우에도 작품의 주요 배경은 역시 자연이다. 「간이역에서」, 「도시로」 등의 단편에서는 대부분의 작품과 달리 도시로 떠나고자 하는 등장인물의 열망이 나타나 있으나, 그들이 도시로 향하는 행로는 밝히지 않고 있다.

「간이역에서」는 남자 주인공 바샤가 열망의 공간인 도시로 떠나는 것으로 작품이 종결된다. 그가 도시로 향하는 길에 대한 정보는 제공되지 않는다. 단편 「도시로」에서 플롯을 이끄는 추진력은 주인공의 도시를 향한 꿈이다. 그는 병든 아내를 구실 삼아서라도 도시로 가고자 한다. 아내의 죽음이 임박한다고 믿으면서 병든 아내를 핑계로 집단 농장을 떠나려는 것이다. 그러나 도시에 대한 꿈은 그의 상상 속에 존재할 뿐, 막상 현실 속에서 표현되는 것은 그가 도시로 가기 위해 동분서주하며 다니는 시골 길이다. 이와 같이 도시를 향한 강한 열망이 표현된 작품에서도 길은 역시 도시로 향하는 것이 아니라 자연을 향하거나 자연을 배경으로 하는 길이 될 뿐이다.

이와 같이 까자꼬프의 작품에 등장하는 거의 모든 길은 도시에서 자연으로 향하는 길이거나 숲, 강, 호수, 시골 등의 자연을 배경으로 하는 길이다. 그리하여 길은 까자꼬프의 등장인물들을 자연으로 이끌고 또 자연과 연결시키는 공간이 된다.

여기서 까자꼬프의 길과 자연의 밀접한 관계를 체계화하기 위하여 자연을 구체적으로 분류하고, 또 길이 향하고 있는 특정 방향을 정리할 필요성이 대두된다. 예를 들면, 까자꼬프가 제시하는 길의 구체적 방향이 북부3)로 고정되는 작품이 여럿 있다. 예를 들어, 「섬에서」, 「테디」, 「파랑과 초록」, 「만까」, 「길을 가다가」, 「아담과 이브」, 「저주받은 북방」, 「북방일기」 등의 작품에서 작중인물은 부단히 북부로 향하거나 또는 북부에 머문다. 북부는 이들 작중인물들에게 삶의 전환점이 되는 경험의 집적소로 작용한다. 「섬에서」, 「테디」, 「파랑과 초록」, 「만까」, 「길을 가다가」, 「아담과 이브」, 「저주받은 북방」, 「북방일기」 등의 작품에서 북부는 작중인물의 정신세계를 규정하는 상징적 의미를 갖는다. 그들은 부단히 북부란 공간을 지향하며 북부로 가고, 북부에 머물며 삶의 전환적 순간을 맞는다.

「섬에서」의 자바빈은 북부 여행을 통하여 오랜 무관심과 권태를 극복하고, 「테디」의 곰 테디는 북부의 고향을 찾아가 오랜 종속으로 인한 무관심의 타성에서 벗어나 본성과 자유를 되찾는다. 「파랑과 초록」의 소년 알료샤는 북부 여행으로 미성숙을 극복하고 비로소 자아를 인식할 수 있게 된다. 「길을 가다가」의 스네기로프는 북부로 길을 떠남으로써, 모성의 보호 공간을 벗어나 자아 성숙의 과정을 걷게 된다. 이와 같은 정신적 변화와 성숙의 근원은 바로 북부의 자연이다. 까자꼬프의 문학에서 북부는 인위적 힘이 개입되지 않은 순수한 자연 공간이다. 까자꼬프는 북부의 울창한 숲과 강이 있는 자연 공간에 한 사람, 혹은 두세 사람이 동행하게 한다. 그들은 북부 자연 속에서 자연과 인간이 별개의 존재가 아니라, 서로 연결된다는 전일성을 느끼며 삶의 위안을 얻고 정신세계를 확장시킨다. 이같이 까자꼬프의 문학에서 자연과 인간은 하나로 연결되는데, 북부는 자연의 의미가 더욱 집결되고 응축되어 제시되는 곳이다.

---

3) 갈리모바는 유리 까자꼬프의 예술세계(Художественный мир Юрия Казакова)란 저서에서 전체 4장(章)의 제2장(Тихий зов севера)을 북부(север)연구에 할애할 만큼 북부의 의미를 중요하게 여기고 있다. 그녀는 북부란 공간의 의미를 철학적 관점에서 해석한다. 북부의 철학적 해석이란 관점에서 필자는 갈리모바와 견해를 같이한다.

시골의 자연을 향하는 대부분의 작품에서 작중인물들이 긍정적 변화를 겪는 것과 달리, 도시를 향한 길의 등장인물들은 부정적 색채가 강하다는 특성을 갖는다. 예를 들어, 시골의 자연을 향하는 길에서 자바빈, 알료샤, 소냐, 끄리모프, 만까, 예고르, 뾰뜨르 니꼴라예비치 등은 삶을 긍정하면서 위안을 얻고, 현대인이 겪는 미성숙, 소외, 고독, 무관심, 권태 등과 같은 정신적 문제를 극복한다. 나아가, 그들은 길에서의 경험을 통하여 본질적인 자아를 발견하고 자신과 주변 세계의 조화로운 관계를 깨닫는다. 반면에, 바샤와 까마닌 등 도시를 열망하는 인물들은 주변 인물들에게 무관심하며 지극히 이기적이고 개인적인 태도를 보이고 있다.

지금까지 표면적 특성을 중심으로 길을 분류하였다면, 이제는 길이라는 공간에서 이루어지는 등장인물들의 내적 경험 층위에서 길의 유형을 분류할 필요가 있다. '누구와 함께 길을 가는가'라는 관점에서 동행인물을 중심으로 까자꼬프의 길을 분류함으로써, 작가가 탐구하는 인간관계의 본질에 접근할 토대를 마련할 수 있기 때문이다. 까자꼬프가 즐겨 탐구하는 인간관계는 남녀관계, 아버지와 아들의 관계, 서너 명의 동행인물과의 관계, 나아가 동물이 주인공으로 등장하는 경우 등 모두 네 가지 유형으로 나뉜다.

남녀관계가 중심이 되는 작품 군은 또다시 남녀 간의 사랑이 이루어졌느냐 그렇지 않느냐에 따라 다시 둘로 나뉜다. 까자꼬프의 작품에서 남녀 간의 사랑은 대부분 이루어지지 않는데, 작품 속에 제시되는 남녀관계는 인간의 본질을 드러내는 효과적인 장치가 된다. 작가는 이성 간의 만남과 이별, 그리고 그들의 삶을 통하여 인간의 본성이 표출되고, 이를 토대로 행복과 불행이 규정된다고 여겼던 것이다.

까자꼬프의 작품에서 사랑이 이루어지지 못하는 근본 이유는 이기적인 개인주의 때문이다. 사랑을 이루지 못하는 끄리모프, 바샤, 자바빈은 모두 작가가 보편적 인간의 정신적 병폐라고 규정하는 권태와 무관심

등 개인주의적 성향을 보인다.

이루어진 사랑을 제시하는 두 단편 「참나무 숲의 가을」, 「뜨랄리 발리」에서 등장인물은 모두 시골의 자연 속에 머물며, 오랜 고통을 겪은 후 사랑을 이룬다는 공통점을 갖는다. 「참나무 숲의 가을」의 화자는 대도시 생활의 고단함을, 「뜨랄리 발리」의 예고르는 아내를 잃은 정신적 고통을 겪은 후, 개인주의적 태도를 극복하고 그들의 연인을 진심으로 받아들이고 사랑하게 되었다. 이와 같이, 까자꼬프의 남녀관계는 등장인물들이 이기적인 개인주의를 얼마나 극복하고 있는지 여부에 따라 행복과 불행이 결정된다.

「섬에서」, 「아담과 이브」, 「12월의 두 사람」, 「간이역에서」, 「순례자」, 「만까」, 「못생긴 여자」, 「파랑과 초록」, 「도시로」, 「저기 개가 달려가네요!」 등에서는 이루어지지 않는 남녀 간의 사랑이, 「참나무 숲의 가을」, 「뜨랄리 발리」 등의 작품에서는 정신적 교감을 이루는 행복한 남녀관계가 제시된다. 「섬에서」, 「아담과 이브」, 「12월의 두 사람」, 「간이역에서」, 「순례자」, 「만까」, 「못생긴 여자」, 「파랑과 초록」, 「저기 개가 달려가네요!」 등 남녀 간의 사랑이 이루어지지 않는 작품에서의 등장인물은 그들이 체험하는 남녀관계를 통하여 자아성찰의 기회를 갖고 새로운 정신적 단계로 올라선다. 반면 예외적으로, 「도시로」는 주인공 바실리 까마닌이 병든 아내를 구실로 삼아 도시로 향하는 장면에서 종결되어 작품 내에서 작중인물의 정신적 성찰의 과정이 제시되지 않는다.

부자관계가 중심이 되는 작품은 아버지의 관점이냐, 아들 또는 딸의 관점으로 서술되느냐에 따라 둘로 나누어 볼 수 있다.[4] 「사냥 중에」, 「빵 냄새」, 「촛불」, 「너는 꿈속에 서럽게 울었지」 등의 작품에서 서술의

---

4) 「사냥 중에」, 「빵 냄새」, 「촛불」, 「너는 꿈속에 서럽게 울었지」 등의 작품에서 구세대와 신세대 간의 문제가 다루어진다. 그중에서 「사냥 중에」, 「촛불」, 「너는 꿈속에 서럽게 울었지」에서는 아버지와 아들의 관계가, 「빵 냄새」에서는 어머니와 딸의 관계가 제시된다.

관점은 아버지 세대에 맞추어져 있고, 「빵 냄새」에서는 자식의 관점에서 부모와 자식의 관계가 탐구되고 있다.

혼자 가거나 서너 명과 동행하여 길을 가는 경우는 처음부터 두세 명의 동행인물과 길을 떠나는 「고요한 아침」, 「숙박」, 「울며 통곡하며……」, 「이도 저도 아니다」, 「저주받은 북방」 등의 작품과 혼자 길을 가다가 우연히 낯선 사람과 만남과 이별을 경험하는 「길을 가다가」, 「밤」, 「두 노인」, 「까비아시」, 「북방일기」 등의 작품으로 분류될 수 있다.

「테디」, 「사냥개 알크투르」 등은 곰과 개가 각각 주인공으로 등장하는 독특한 작품이다. 이와 같은 작품은 두 층위에서 분석할 수 있다.

첫째, 인간의 내면을 보다 효과적으로 표현하기 위하여 동물 주인공을 등장시킨다는 해석이다. 곰 테디가 찾는 자유가 곧 인간, 나아가 작가 자신이 추구하는 자유라는 분석을 뒷받침한다.

둘째, 동물 주인공을 등장시킴으로써 작가는 독자 인식의 범위를 인간 중심에서 동물의 영역으로까지 확장한다는 것이다. 이것은 인간 중심주의를 벗어나 보편적 자연의 관점에서 인간과 인생을 탐구하고자 했던 까자꼬프의 세계관을 반영한 해석이다.

까자꼬프의 동물 작품은 더 세분하여 분류되기보다는 하나의 독특한 유형으로 연구되어야 할 것이다.

지금까지 살펴본 까자꼬프 문학세계에 나타나는 길의 유형 분류를 토대로 다음과 같이 길의 특성을 요약할 수 있다.

첫째, 까자꼬프의 길은 그 방향성에 따라 시골 길과 도시 길로 구분된다. 그러나 도시는 주인공의 상상 속에 존재하며, 시골과 도시의 모든 길은 결국 모두 자연을 향하는 길로 분류된다. 즉,

까자꼬프의 길은 자연을 향하거나 자연의 내부에 존재한다. 까자꼬프는 길을 통하여 등장인물을 자연으로 향하도록 설정한다. 까자꼬프의 길에서 북부(Север)는 정신세계의 이상향이라는 상징적 의미를 갖는다.

둘째, 까자꼬프의 길은 남녀관계, 부자관계, 두세 명의 동행인과의 관계 등과 같이 다양한 인간관계를 경험하는 장소로 기능한다.

이와 같은 길의 유형 분류는 까자꼬프의 주된 공간적 배경이 길이며, 길 연구가 작가의 문학을 이해하는 핵심적 단서가 될 것임을 시사한다.

2. 배경 묘사의 특징

까자꼬프의 길이 흥미로운 연구 대상이 되는 이유는 길이 작품에서 창출하는 문학적 의미와 함께 거의 모든 작품에서 배경으로 등장하기 때문이다. 배경은 단순한 공간적 장소가 아니라, 그 소설의 핵심적 모티브와 주제를 전할 수 있다[5]는 점 때문에 까자꼬프의 작품에 나타나는 길은 그의 문체적 특성 및 고유한 묘사 기법과 함께 중요한 연구

---

5) 한용환, 『소설학 사전』(서울: 고려원, 1996), pp.169-171.
   배경(Setting)이라는 어의 자체가 내포하듯이, 공간적 자질의 역할이 단지 행동과 사건의 물리적 배후를 제공하는 것이라고만 이해하는 입장에서는 배경의 기능은 부수적인 것으로 평가될 수밖에 없다. 그러나 배경-공간은 이야기를 구성하는 필수적인 자질일 뿐만 아니라 이야기의 심미적 양상을 좌우하는 결정적 요건이라고 보는 관점에서라면 배경의 본질적인 기능이 부각된다. 요컨대, 배경 즉 공간은 단순한 물리적 배후가 아니라 소설의 핵심적 모티브이자 그 이야기의 요체로 나아가 그 소설에 개입되는 삶의 내·외면의 전 풍경으로 기능할 수 있다. [밑줄-인용자]

대상이 된다. 까자꼬프의 서정적 특성이 잘 드러나는 대표적인 작품에
나타난 길을 구체적으로 살펴보면, 작가의 고유한 서정성이 예술적으로
표현되고 있음이 감지된다.

　까자꼬프는 청각, 시각, 후각, 미각 등 다양한 감각기관을 동원하여
대상을 묘사하는데, 이러한 요소들은 까자꼬프 문학이 갖는 고유한 서
정성의 근간을 이룬다. 특히, 청각 이미지가 돋보이는데, 이는 작가가
음악가로 활동했던 경험이 반영된 것이다.6) 이와 같은 음악가로서의
경력은 까자꼬프의 문학세계, 특히 그가 즐겨 사용한 배경-길-의 묘
사에 독특한 음악성7)과 서정성, 그리고 까자꼬프 특유의 문체적 특성
을 형성하는 데 크게 기여한다.

　음악적 요소는 까자꼬프 작품을 이해하는 데 매우 중요하다. 음악가
출신인 까자꼬프는 집필 과정에서 청각적, 음악적 장치를 자주 도입하
고 고유의 서정적 문체를 사용하여 '산문형식으로 시를 읊는 작가(поэт
в прозе)'라고 일컬어진다. 이와 같은 문단의 평가는 까자꼬프의 작품

---

6) И.С.Кузьмичев, (Москва, 1986), c. 25.
　15세에 음악을 본격적으로 공부하기 시작한 까자꼬프는 음악학교 졸업 후 약 3
　년 동안 교향악단의 콘트라베이스 연주자로 활동하였다.
7) 까자꼬프의 음악성은 주로 반복과 변이를 통하여 표현된다. 'л, р' 등의 부드럽게
　흐르는 듯한 유음(流音)의 반복 사용, 'голубой, глубокий' 등 유사음의 음성(зву
　к) 반복과 변이, 또한 어구의 반복 사용 능도 반복을 통하여 리듬감, 나아가 음악
　성을 창출하는 요소가 된다.
　반복되는 어구가 제목이 되는 작품에는 「저기 개가 달려가네요!」, 「뜨랄리 발리」,
　「울며 통곡하며……」 등이 있으며, 이러한 작품에서 끄리모프, 예고르, 엘라긴 등
　의 등장인물은 제목을 반복해서 말하여 작품 주제와 함께 음악적 분위기를 강화
　시킨다.
　또한, 「밤」, 「간이역에서」 등에서는 작품 내의 구체적 소리의 크기가 일정한 곡
　선을 만들어 조화로운 음악적 분위기를 만들고 있다. 예를 들어, 「밤」에서 숲에
　서 들려오는 노랫소리는 작게 들려오다 점차 커지고 만남을 계기로 점점 줄어든
　다. 이는 하나의 음악 작품이 클라이맥스를 중심으로 상승하다 하향곡선을 그리
　는 것과 유사하다. 「간이역에서」에서 바샤와 소녀의 목소리는 각기 점강 곡선과
　점층 곡선을 이루어 음악적 분위기를 만들며 그들의 엇갈린 운명을 표현한다.
　까자꼬프는 작품 구상에서부터 음악적 요소를 염두에 두었는데, 「저기 개가 달려
　가네요!」의 경우는 이 표현의 독특한 리듬을 우연히 듣고 난 후 집필된 작품이다.

이 갖는 시적 요소, 즉 풍부한 리듬감, 청각적 이미지 등을 통해 전달되는 음악적 분위기에서 비롯되는 것이다.

까자꼬프가 주변 사물을 어떻게 이해하고 받아들였는지는 감각적 이미지를 활용하는 묘사를 통해 가늠할 수 있다. 그는 주변 요소에 대한 인간의 이해가 철저하게 감각기관에 의존하고 있다는 사실에 주목하였고, 인간이 인식하고 받아들이는 대상이 실체라기보다는, 그 대상이 인간의 오감에 남긴 그림자일 뿐이라고 간주하였다.

예를 들어, 「섬에서」의 자바빈이 듣는 음악과 「파랑과 초록」의 알료샤가 바라보는 릴랴의 머리 색과 눈동자, 「간이역에서」의 소녀가 바라보는 하늘은 내면 상황에 따라 다르게 묘사된다. 등장인물의 내면 상태가 감각 대상에 대한 인식 과정에 영향을 미치는 것이다. 자바빈이 기쁠 때 음악은 '유리처럼 투명한 음악(стеклянно-прозрачная музыка)'으로 표현되는 반면, 슬플 때는 '생기 없는 음악(слабая музыка)'으로 인식된다. 알료샤는 자신의 내적 상태에 따라 릴랴의 머리카락을 '뻣뻣하다(жесткие)' 또는 '부드럽다(мягкие)'로, 눈동자 색을 '회색(серые)' 때로는 '짙은 색(темные)'으로 서로 다르게 인식한다. 『간이역에서』는 연인으로부터 버림받은 가련한 소녀의 내면 인식을 통해 하늘은 '무심한 하늘(равнодушное небо)'로 묘사되기도 한다.

음악, 연인의 눈동자와 머리카락, 하늘 등과 같은 동일한 대상이 작중인물의 내면에 투사되어 서로 다른 감각 이미지로 표현되는 것이다. 이렇듯, 등장인물이 인식하는 대상은 그 대상의 본질이 아니라, 등장인물의 내면을 반영한 유사한 이미지에 불과한 것이다.

까자꼬프는 인간의 감각기관이 갖는 인식의 한계를 인정하고 받아들였으며, 동시에 인간 인식의 한계 내에서 인간의 삶을 표현하는 효과적인 방법으로 감각기관을 동원하는 묘사를 선택하게 된 것이다. 인간과 주변 사물에 대한 이러한 작가의 인식은 그 문학세계에서 고유한 묘사 기법을 통해 표출되는 것이다.

배경으로 제시되는 길을 작가는 과연 어떻게 묘사하고 있는지 작품별로 살펴보도록 하겠다. 「참나무 숲의 가을」, 「울며 통곡하며……」, 「테디」, 「밤」 등의 작품을 중심으로 배경으로서 제시되는 길이 어떻게 구체적으로 표현되고 있는지 고찰할 것이다.

단편 「참나무 숲의 가을」은 그 제목이 작품의 시간적·공간적 배경을 대변하고 있으며, 숲이 주요한 공간인 길로 등장한다.

톨스토이, 투르게네프, 체호프 등 19세기 러시아 문학의 거장들이 남녀 간의 사랑을 주요한 테마로 다루었던 것처럼 까자꼬프 역시 이성 간의 사랑을 통한 인간탐구를 즐겼다. 길의 유형 분류에서 설명된 바와 같이, 까자꼬프 작품에 등장하는 대부분의 연인들은 이기심과 개인주의로 그들의 사랑을 이루지 못하고 불행한 결말을 맞이한다. 그러나 이 작품은 오랜 고통을 감내한 남녀 간의 성숙한 사랑을 제시한다.

「참나무 숲의 가을」은 1인칭 화자인 주인공이 사랑하는 여인을 기다리며 강가로 물을 뜨러 가는 장면에서 시작되어, 그녀를 만나 처음으로 자연 속에서 평화롭고 행복한 밤을 맞이하며 종결된다. 이 단편은 불행했던 주인공이 기다리던 연인을 만나 현재는 행복하다는 단순한 스토리로 이루어진다.

「참나무 숲의 가을」에는 두 가지의 시간과 공간이 공존하고 있다. 첫째는 1인칭 화자인 주인공이 현재 체험하는 늦가을의 참나무 숲 속이고, 또 하나는 화자의 회상을 통해 보이는 과거의 모스크바이다. 이 두 시공간은 화자의 의식 속에서 교차하며 제시되고, 화자는 현재의 참나무 숲이란 자연 공간에서 사랑하는 여인을 만나고 행복해진다. 회상 속의 모스크바 공간에서 두 연인은 삶에 지치고 피곤하다.

По боковой аллее шли два милиционера. Увидев нас, один из них вышел на свет и пошел к нам.

－Пройдите, гражданин!－сказал он почему－то только мне.
－Это не разрешается. －Что не разрешается? －спросил я в то
время, пока она смущенно надевала туфли на опухшие ноги.

－Нечего разговаривать! Сказано－пройдите!

Мы встали и пошли. Я снова стал разглядывать дома и окн
а, и мне все время представлялась комната с тахтой. Больше в
этой комнате ничего не было, только слабый розовый свет и т
ахта.

－Слушай, зайдем в подъезд, －сказал я неуверенно.

－Пойдем, －согласилась она и слабо улыбнулась. －Я там ту
фли сниму, на ступеньке посидим.

Мы вошли в какой－то темный двор, пошли в угол к самом
у дальнему подъезду, закрыли за собой дверь и сели на ступен
ьку. Она тотчас сняла туфли и стала растирать ступни.

－Устала? －спросил я и закрыл. －<u>Бедная, не повезло нам в М
оскве</u>.

－Да, －она потерлась щекой о мое плечо. －<u>Очень большой
город</u>.

Послышались шаги, дверь отворилась, и подъезд заглянула д
ворничиха и увидела нас.

－А ну, пошли отсюда!－закричала она. (232) [밑줄－인용자]

가로수 길을 따라 경찰관 두 명이 걸어가고 있었다. 그중 한
명이 우릴 보고는 환한 곳으로 나와 우리 쪽으로 다가왔다.

"여기서 나가십시오." 경찰은 웬일인지 나만 보며 말했다. "이
러시면 안 됩니다."

"뭐가 안 된다는 겁니까?" 그녀가 당황하여 퉁퉁 부은 발로 구
두를 신는 동안 나는 이렇게 물었다.

"더 이상 말할 것 없소! 나가라고 말했잖소!"

우리는 일어서 걷기 시작했다. 나는 다시 아파트와 창문들을
살펴보기 시작하였는데, 내 눈에는 등받이 없는 긴 의자가 있는

방이 자꾸만 아른거렸다. 이 방에는 희미한 분홍 불빛과 긴 의자
외에 더 이상 아무것도 없었다.

"저어, 아파트 입구에 잠시 들어가 있을까요?" 나는 망설이며
말을 꺼냈다. "들어가요." 그녀는 엷게 미소 지으며 내 말을 따랐
다. "거기서 난 구두를 벗을래요. 계단에 잠깐 앉아 있기로 해요."

우리는 어두운 마당으로 들어가 가장 멀리 있는 구석의 입구
로 가서 뒷문을 닫고 계단에 앉았다. 앉자마자 그녀는 구두를
벗고 발바닥을 주무르기 시작했다.

"피곤하지요?" 나는 이렇게 물으며 담배를 피웠다. "<u>가엾은 사</u>
<u>람, 우리는 모스크바에서 영 운이 없네요.</u>"

"그래요. 정말 큰 도시예요." 그녀의 볼을 내 어깨에 비볐다.

발자국 소리가 들리더니 문이 확 젖히고 여자 청소부가 입구
를 힐끔 쳐다보다 우리를 보았다.

"뭐예요, 여기서 나가요!" 청소부는 고함을 질렀다.

대도시 모스크바에서 두 사람은 편안히 쉴 장소를 찾을 수가 없다.
호텔에는 객실이 없고, 식당은 문을 닫아 식사조차 할 수가 없다. 길가
에 앉아 잠시 쉬려고 하면 경찰이 다가와 고압적인 자세로 가라고 명
령하고, 겨우 찾아낸 어느 아파트 입구 계단에서도 청소부의 냉대를 받
으며 쫓겨나기에 이른다. 갈 곳 없는 그들은 마침내 택시를 타고 무작
정 교외에 다녀오는데, 피곤하고 지친 나머지 서로 상대방에 대한 느낌
도 좋지 않다.

Мы ехали назад и дремали, приваливаясь друг к другу при
крутых поворотах, и, помню, <u>прикосновения к ней были непри</u>
<u>ятны мне, да и ей тоже, наверное</u>…… (234) [밑줄 - 인용자]

우리가 졸며 돌아올 때, 택시가 급커브 할 때면 몸이 서로에게
기울어졌는데, 그 닿는 느낌이 좋지 않았던 것이 기억난다. 아마,

그녀도 그랬을 거다.

한마디로 두 사람에게 모스크바는 화려하지만 잠시도 편안히 쉴 수
없는 답답하고 막막한 장소에 지나지 않는다. 그들은 도시에서 배고프
고 졸리며 피곤하여 서로의 소중함을 제대로 느낄 수 없었던 것이다.
과거에 도시에서 주인공이 그녀에게 기댔을 때는 느낌이 좋지 않았
지만, 현재 참나무 숲 자연에서 그는 그녀의 목소리를 새로이 느끼고
있다고 고백한다.

> У нее всегда был сиплый, низкий голос, и вообще она была
> жесткая и сильная, и я долго не любил в ней этого. Потому ч
> то я любил в женщинах нежность. Но сейчас, здесь, на берегу
> реки, ночью, когда мы шли друг за другом к дому, после стол
> ьких дней злости, разлуки, писем и странных угрожающих сно
> в, ее голос, и крепкое тело, и шершавые руки, ее северный вы
> говор были как дыхание нездешней птицы. (226) [밑줄-인용자]

> 그녀는 언제나 쉰 듯한 저음의 목소리인데다, 뻣뻣하고 드센
> 편이어서 난 오랫동안 그녀의 이런 면을 좋아할 수가 없었다. 나
> 는 여자의 부드러움을 사랑했기 때문이다. 오랜 고통과 이별, 편
> 지를 쓰고 무서운 꿈을 꾸며 숱한 나날을 보내고 난 후, 한밤중
> 에 강변을 따라 우리가 앞뒤로 걸어가는 지금 이 순간, 그녀의
> 목소리와 커다란 체구, 꺼칠한 손, 북부 사투리는 이 세상 존재가
> 아닌 신비한 새가 내쉬는 숨소리인 양 느껴졌다.

화자는 좋아할 수 없었던 목소리와 북부 사투리, 꺼칠한 손과 커다
란 체구까지 그녀의 모든 것을 수용하게 된다. 이때 그는 자기중심적
사고에서 벗어나 진정한 사랑을 느끼는 것이다. 자신의 개인적 관점을
벗어나 상대방의 모습을 있는 그대로 수용했을 때, 화자는 연인과의 사

랑을 이루고 행복해진다. 「뜨랄리 발리」와 함께 이 작품에서 남녀 간의 사랑이 이루어지는 이유는 화자가 개인주의를 극복하고 상대방을 받아들였다는 점에서 비롯되는 것이다.

촉각과 청각을 통하여 대조적으로 표현되는 화자의 내적 변화가 이 작품의 핵심이다. 도시로 가는 택시에서 그녀에게 기댔을 때의 불쾌한 촉감과 예쁘지 않은 목소리가 현재 참나무 숲에서는 유쾌하며 즐거운 감각으로 전환되는 것이다.

회상을 통하여 불행했던 과거와 대조되면서 작중인물이 느끼는 현재의 기쁨은 더욱 배가된다. 작가의 자전적 요소가 반영된 이 작품의 다음 대목은 배경의 서정적 특성을 보여준다.

> Ночь была вокруг меня, и папироса, когда я затягивался, ярко освещала мои руки, и лицо, и сапоги, но не мешала мне видеть звезды, —а их было в эту осень такое ярчайшее множество, что виден был их пепельный свет, видна была освещенная звездами река, и деревья, и белые камни на берегу, темные четырехугольники полей на холмах, и в оврагах было гораздо темнее и душистее, чем в полях.
>
> И я подумал тут же, что главное в жизни—не сколько ты проживешь: тридцать, пятидесят или восемьдесят лет, —потому что этого все равно мало и умирать будет все равно ужасно, —а главное, сколько в жизни у каждого будет таких ночей. (224)

밤은 내 주위를 온통 감싸고 있었으며, 내가 피우는 담배가 내 손과 얼굴, 장화를 환하게 비추고 있었지만, 별은 여전히 잘 보였다. 그해 가을 유난히 많은 별들이 밝게 빛나고 있어서 별빛이 보이고 별빛을 머금은 강, 나무, 강변의 하이얀 돌들, 들판의 밭보다 훨씬 검고 향그러운 언덕과 골짜기의 네모난 밭이 보였다.

삼십 년이든, 오십 년 혹은 팔십 년이든 얼마를 사느냐는 중요

하지 않다는 생각이 들었다. 어차피 짧은 인생이고, 죽음은 두려
울 테니까. 진정 중요한 것은 사는 동안 이런 밤이 며칠이나 되
느냐이다.

「참나무 숲의 가을」의 주인공이 존재하는 공간적 배경, 즉 그가 걷는
길은 숲과 강이다. 이와 같이 까자꼬프의 여러 작품에서 주된 배경은
숲, 강, 호수 등으로 제시된다.[8] 회상 속에 등장하는 문명의 대도시 모
스크바의 길은 삶의 번뇌가 쌓인 공간이고, 지친 그가 행복감을 만끽하
게 되는 곳은 바로 참나무 숲길이다. 그가 걷고 있는 길은 숲, 강, 나무,
흰 돌, 들판이 있고 별이 빛나는 곳으로 한밤중이다. 그는 잠시 혼자 머
물다 사랑하는 여인을 만나는데, 이 작품에서 두 사람이 만났다는 사실
외에 다른 외적인 사건은 일어나지 않는다. 까자꼬프의 대부분의 작품은
외적 사건보다는 작중인물의 내적 변화에 무게를 싣는다. 작가는 등장인
물의 내적 변화를 즐겨 탐구하는데, 특히 이 작품은 1인칭 화자의 의식
의 흐름을 따라 과거와 현재, 모스크바와 숲이라는 시공간을 자유롭게
오가며 미묘한 감정의 굴곡을 매우 명료하게 표현하고 있다.
「참나무 숲의 가을」을 읽고 난 독자에게 강하게 남는 인상은 그해
가을 밤 숲 속 연인과의 만남에 대한 작중인물의 느낌과 감정이다. 이
렇게 「참나무 숲의 가을」에서는 시각적으로 묘사되는 서정적인 길 배
경을 통해 남녀관계가 제시되는 반면, 「울며 통곡하면서」에서는 숲에서
사냥을 하는 서로 다른 세 사람의 동행인이 등장한다.

특히, 「울며 통곡하며……」에서 엘라긴, 흐몰린과 바냐가 함께 머무는
길의 배경은 까자꼬프 특유의 서정적 분위기로 감각 이미지를 통해 표
현되고 있는데, 갈리모바가 이 작품을 서정시로 해석하는 것은 섬세하

---

8) G. Gibian, "Yurii Kazakov," *Major Soviet Writers*(Cornell University, 1963),
   p.321.

고 뛰어난 자연묘사 때문이다. 세 사람은 까자꼬프의 여러 작품에서 제
시되는 것처럼 일상을 탈피하여 길을 떠난다. 그들이 일주일간 숲 속
오두막에서 지내는 시간적 배경은 봄이다.

> До чего же это был прекрасный весенний вечер! Оттаявшая
> земля резко шибала в нос, хотя из оврагов тянуло еще снежны
> м холодом. По дну ближнего оврага бежал ручей, он залил кус
> ты, и голые лозины дрожали, сгибались и медленно выпрямлял
> ись в борьбе с течением. И все это происходило бесшумно—то
> лько светлая, отражающая небо вода в воронках и струях и че
> рные набухшие лозины над ней. Зато ниже по течению ручей
> трепетал в овражной тьме, как струна, и оттуда слышались то
> будто удары сухого полена о полено, то будто вытаскивал кто
> —то с чмоканьем ногу из болота. (282-283)

> 더할 나위 없이 멋진 봄날 저녁이었다. 골짜기에서는 아직 눈
> 의 차가운 기운이 배어나고 있었지만, 녹은 땅 냄새가 강하게 풍
> 겨왔다. 가까운 골짜기 아래로 여울물이 내달아 흘러서 수풀은
> 물에 잠기고, 가지만 앙상한 버드나무들은 물살에 따라 구부러졌
> 다가 서서히 펴졌다가 하면서 떨고 있는 듯하였다. 여울 속, 물줄
> 기 속에서 하늘을 담아 밝게 빛나는 물, 그리고 그 위로 물이 올
> 라 검게 부푼 버드나무뿐, 이 모든 것이 소리 없이 지나가고 있
> 었다. 반면 그 아래 골짜기 그늘 속에서는 물살 따라 여울물이
> 현을 튕기듯 소리를 내며 흘렀고, 마른 나무토막이 서로 부딪히
> 는 듯한 소리 같기도 하고 누군가 늪에서 발을 빼내고 있는 듯한
> 소리 같기도 한 소리가 들려왔다.

까자꼬프는 일상을 떠나 자연 속에서 저녁을 보내는 작중인물들에게
이와 같이 자연의 아름다움을 제시해 주는데, 세 사람은 모두 시각·청
각·후각적으로 전달되는 봄, 숲, 하늘 등을 통하여 새로운 삶의 측면을

직시하게 되는 것이다.

아래의 대화 장면에서 작가의 후각적 묘사는 주인공의 내면을 효과적으로 표출시키고 있다.

> Елагин вынул консервы, стал застегивать рюкзак, но тут же вновь открыл, нагнулся и, посапывая, долго нюхал.
> – Как пахнет! – сказал он и посмотрел на Ваню.
> Ваня тут же вылез из-за стола и понюхал с наслаждением.
> Пахло дивно: выглаженным бельем, конфетами, печеньем и б удто утренним кофе на даче.
> – Дорогой пахнет! – сказал Елагин. – Странствиями, встречам и…… (292) [밑줄-인용자]

> 엘라긴은 통조림을 꺼내고 배낭을 닫았다가, 다시 열어서는 고개를 숙여 쿵쿵거리며 오랫동안 냄새를 맡았다.
> – 정말 기막힌 냄새야! – 그는 그렇게 말하고 바냐를 쳐다보았다.
> 바냐는 이때 식탁에서 내려와 냄새에 흠뻑 빠져들었다.
> 잘 손질된 속옷, 사탕, 과자, 별장에서 마시는 모닝커피와 같이 근사한 냄새였다.
> – 길 냄새야! – 엘라긴이 말했다. – 만남과 여행의 냄새라고……

15세 소년 바냐가 느끼는 냄새가 잘 손질된 속옷, 사탕, 과자, 모닝커피의 것이라면, 40대의 연륜 있는 엘라긴이 느끼는 냄새는 길과 여행 그리고 만남의 그것이다. 두 사람이 느끼는 냄새의 차이는 그들의 삶의 단면을 보여주고 있다. 인생의 출발점에 서 있는 소년이 느끼는 냄새가 순수함과 달콤함으로 인생에 대한 희망과 꿈을 대변하고 있다면, 삶의 깊이를 아는 엘라긴이 느끼는 냄새는 길과 여행에 대한 그리움, 나아가 인생을 바라보는 중후한 멋과 여유를 담아낸다. 작가는 '길 냄새'라는 후각적 이미지를 도입함으로써, 길에 대한 엘라긴의 낭만적

태도를 통해 길의 서정적 특성을 간단명료하게 표현한다. 이처럼 후각
적 이미지는 「울며 통곡하며……」의 주인공들이 느끼는 길에 대한 애정
을 선명하게 전달하고 있다.

「참나무 숲의 가을」, 「울며 통곡하며……」에서 남녀 및 세 명의 동행
인 등 인간과 인간 사이의 관계를 고찰할 수 있다면, 「테디」에서는 곰
테디가 홀로 고향을 찾아가는 기나긴 여정을 관찰할 수 있다. 「테디」에
서는 북부의 자연으로 가는 길이 제시된다.

「테디」의 주인공 테디는 서커스단의 곰이다. 홀로 고향인 북부 숲으
로 돌아가면서 테디는 자연 그대로의 깊은 숲을 거닐며 잃어버린 옛
기억을 되찾게 된다.

> Всю ночь шел Тэдди на север, держась берега реки, как мор
> як держится компаса. Углубляться в лес он боялся, лес был по
> лон неизвестности, тогда как река была знакома, она уже выру
> чила его раз, и он ей доверял. Со всех сторон подступали к н
> ему <u>звуки и запахи</u>, в которых он должен был разобраться. Не
> которые из них были ему хорошо знакомы. Два раза его путь
> пересекал след рыси, и он сразу вспомнил рысь из цирка, хоть
> та <u>пахла резче</u>: звери в неволе всегда <u>пахнут сильнее</u>. Потом о
> н вспугнул рябчиков, которые ночевали на низком суку большо
> й елки, и сам сначала испугался, но потом быстро успокоился,
> поняв, что это всего-навсего птицы. Следы лисицы он тоже с
> разу узнал. (98) [밑줄-인용자]

선원들이 나침반을 보며 항해하듯 테디는 강기슭을 따라 밤새
북쪽으로 걸어갔다. 숲에서 길을 잃을까 두려웠다. 숲은 온통 낯
선 것들뿐이지만, 강은 그에게 익숙했고 한번은 길을 잃었을 때
강을 중심으로 길을 되찾았기에 테디는 강변을 따라가는 게 마음

이 놓였다. 사방에서 그가 알아내야 하는 온갖 <u>소리</u>가 들려오고 <u>냄새</u>가 풍겨왔다. 어떤 <u>냄새</u>와 <u>소리</u>는 테디에게 익숙한 것이었다. 길을 가로지르는 삵괭이의 발자국을 두 번 보았을 때마다, 테디는 즉각 서커스단의 삵괭이를 떠올렸다. 물론 서커스단의 삵괭이 <u>냄새는 더 진했다.</u> 갇혀 사는 짐승 냄새는 언제나 더 강하다. 그러고 나서 테디는 커다란 전나무의 나지막한 가지에서 잠자던 들꿩들을 놀라게 하였다. 처음엔 자신이 더 놀랐지만 고작 새였다는 것을 알고는 곧 마음을 놓았다. 여우의 발자국도 금방 알아보았다.

테디가 가는 길은 계곡이 있는 울창한 숲이었으므로, 후각과 청각을 이용하여 숲의 자연을 느끼며 북부의 고향을 찾아가는 것이다. 테디는 이 숲길을 걸어가며 인간 세상에서 퇴화된 청각과 후각이 되살아나고 잃어버렸던 동물적 본능을 기억해 낸다. 이 과정에서 테디의 청각과 후각은 기억을 되찾는 중요한 매개체로 작용한다.

「테디」에서 테디가 느끼는 청각과 후각의 단편적인 이미지가 중요시되고 있다면, 「밤」에서는 청각적 이미지가 작품 전체를 하나의 음악으로 연결시키고 있다.

1955년에 집필된 서정적 단편 「밤」에서 주인공 사냥꾼은 한밤중에 집을 떠나 동틀 무렵 오리 호수(утиное озеро)에 도착할 때까지 혼자 숲길을 걷는다. 한밤중 혼자 걷는 산길은 아득히 모닥불이 보이고, 아련한 노랫소리가 들려오는 공간으로 짧은 만남과 이별이 이루어진다.

화자가 한밤중 숲길을 가며 듣게 되는 노랫소리는 처음에는 작게 시작하여 아련하게 들려오다 점점 커져 정점을 이루고, 이후에는 점점 작아진다. 이 노랫소리는 이 작품을 하나의 강렬한 청각적 이미지의 집합체, 나아가 음악으로 여길 수 있게 하는 요소인 것이다. 길을 가는 도중 들려오는 동일한 노래에 대한 사냥꾼의 느낌 변화, 즉 그의 인식 변화가 본 단편의 핵심을 이룬다.

다음과 같이 단편 「밤」은 그 공간적 배경인 길에 대한 설명으로 시작되고 있다. 단편에서 가장 중요한 것이 시작과 끝이라고 생각했던 까자꼬프[9]가 배경인 길을 소개하면서 작품을 시작한다는 점은 그가 길 공간에 부여한 중요성을 확인시켜 준다.

> Мне нужно было попасть на утиное озеро к рассвету, и я вышел из дому ночью, чтобы до утра быть на месте.
>
> Я шел по мягкой пыльной дороге, спускался в овраги, поднимался на пригорки, проходил реденькие сосновые борки с застоявшимся запахом смолы и земляники, снова выходил в поле······ Никто не догонял меня, никто не попадался навстречу—я был один в ночи.
>
> Иногда вдоль дороги тянулась рожь. Она созрела уже, стояла недвижно, нежно светлея в темноте; склонившиеся к дороге колосья слабо касались моих сапог и рук, и прикосновения эти были похожи на молчаливую, робкую ласку. Воздух был тепел и чист; сильно мерцали звезды; пахло сеном и пылью и изредк

---

9) Юрий Казаков, "Опыт, наблюдение, тон," *Вопросы литературы*, н. 9, 1968, с. 300–303.

Мне кажется, самое главное в рассказе это начало и конец. Середину можно как-то продлить или сократить. Но правильно начать и кончить-это важнее и трудее всего.[밑줄-인용자]

단편에서 가장 중요한 것은 시작과 끝인 것 같다. 중간 부분이야 늘리거나 줄일 수 있다. 그러나 제대로 시작하고 끝내는 것은 가장 중요하고도 어려운 일이다.

Между прочим, я обращал внимание,что почти все стихотвореные строчки, которые мы помним, как правильно, являются началом стихотворения или его концом-это строчки, являющиеся ключом или подводящие итог стихотворения. Так же мне кажется, и в рассказе; конец и начало-это самая важная вещь. [밑줄-인용자]

우리가 보통 기억하는 시구(詩句)가 시(詩)의 핵심 또는 결론이 되는 첫 구절이거나 마지막 구절이란 사실에 관심을 기울였다. 그래서 나는 단편에서도 역시 시작과 끝이 가장 중요하다고 여긴다.

а горьковатой свежестью ночных лугов; за полями, за рекой, за
лесными далями слабо полыхали зарницы (13)

　새벽녘까지 오리 호수(утиное озеро)에 가야 했던 나는 식전에
목적지에 도착하려고 밤에 집을 나섰다.
　나는 먼지가 쌓여 보드라운 길을 따라 걷다가 골짜기로 내려갔다.
언덕으로 올라가 송진과 산딸기 내음이 물씬 풍기는 소나무 숲을 지나
다시 들판으로 나왔다…… 뒤따라오는 사람도 마주하여 오는 사람도 없
었다. 나 홀로 밤길을 가고 있었다.
　가끔씩 길을 따라 호밀이 쭉 펼쳐져 있었다. 호밀은 어느새 영
글어 고개 숙인 채 움직임이 없었으며 어둠 속에서 보드랍게 빛
났다. 길가로 고개 숙인 호밀 이삭은 내 장화와 팔에 닿았고 그
느낌은 마치 수줍어 말 못 하는 사랑의 손길 같았다. 공기는 맑
고 따사로웠으며 별들이 총총히 빛나고 있었다. 건초와 먼지 내
음, 또 저 멀리서 날아오는 한밤 풀밭의 쌉쌀한 듯 상큼한 냄새
가 풍겨 오고, 강 건너 숲 저 멀리엔 마른 번갯불이 아련하게 빛
나고 있었다.

　한밤중의 산길이라는 시간·공간적 배경의 설정과 함께 길에 관한 묘
사는 시각·청각·촉각 등의 풍부한 감각적 이미지를 통해 보다 생생하
게 독자에게 분위기를 전달한다. 길에 대한 이러한 섬세하고 서정적인
묘사는 '산문형식으로 시를 읊은 작가(поэт в прозе)'[10]라 일컬어지는
까자꼬프의 서정성과 문체적 특성을 잘 보여주는 것이다.
　1인칭 화자인 사냥꾼이 경험하는 시간과 공간은 '야간 산행'이다. 한밤
중 산길을 혼자 걷게 만든 이와 같은 시간·공간적 배경 설정은 주인공
사냥꾼의 시선을 자신의 내부로 향하게 하는 중요한 요소로 작용한다.

---

10) А. Пьянов, "Осень в дубовых лесах: неоконченный разговор с Юрием Казаков
ым," *Огонек*, н. 5. (1987).

Хорошо думается в такие минуты: вспоминается вдруг далекое и забытое, обступают тесным кругом когда-то знакомые и родные лица, и мечты сладко теснят грудь, и мало-помалу начинает казаться, что все это уже было когда-то······ (14) [밑줄-인용자]

이럴 때는 생각이 또렷해진다: 잊고 있었던 아득한 옛일이 문득 떠오르고, 언젠가 알고 지냈던 낯익은 사람들과 친지들의 얼굴이 스쳐 지나가며, 아련한 꿈으로 가슴은 달콤하게 벅차오르고, 점차 이 모든 것이 그 언젠가 존재했던 것으로 느껴지기 시작한다······

'이럴 때는 생각이 또렷해진다(Хорошо думается в такие минуты).' 라는 화자의 서술에서 볼 수 있듯이, 한밤중 산길을 가는 주인공은 자신의 내면을 볼 수 있는 사색의 시간을 갖는다. 단편의 첫머리에서 소개되는 시간·공간적 배경, 즉 자연 속에 혼자 존재한다는 배경 설정은 주인공으로 하여금 복잡한 현대인의 일상에서 벗어나 자신의 참된 모습, 나아가 자아를 성찰해 볼 수 있는 기회를 제공해 준다.[11]

---

11) 주지하는 바와 같이, 까자꼬프의 길에 대한 특별한 관심과 애정에 관해 동시대 문단이 주목하였다. 문학잡지 ≪문학의 제 문제(Вопросы литературы, 1979, н.2)≫ 는 작가와의 특별 인터뷰에서 다음과 같은 질문을 한다.
Кстати, многим вашим героям (вспомним и Егора из 「Трали-вали」) присуще смутное влечение к дороге. Вот и в 「Северном дневнике」 звучит гимн дороге, и произносите его-вы······. Почему же вы так любите странников? Чем они близки вам?
귀하의 많은 등장인물들은(「뜨랄리 발리」의 예고르 등을 보면) 본질적으로 길에 막연한 매력을 느끼고 있습니다. 북방일기에서도 귀하께서 표현하시는 바와 같이 -길의 찬가가 울려 퍼지고 있습니다.······ 어떤 이유로 여행자를 그토록 사랑하시는 것인가요?
이 질문에 대한 까자꼬프의 답변은 작가의 창작과정에서 길과 여행이 갖는 중요성을 확인시켜 준다. 까자꼬프의 답변은 작가의 여행경험이 직접 또는 간접적으로 그의 창작과정에 반영되고 있으며, 작가가 여러 사람과 함께 하는 여행보다는 홀로 떠나는 여행을 선호하였고 여행 과정에서의 만남을 귀중하게 여겼음을 보여준다.
Если же говорить о значении дороги, странничества, то для писателя нет ничего лучше. Масса новых впечатлений, глядишь на все жадно, запоминаешь ярко, характеры встречаются такие, что хоть сейчас в рассказ! Только нужно ехат

이와 같은 주인공의 심리적 상태는 산행에서 경험하게 되는 짧은 만남과 이별이라는 사건과 긴밀하게 내적으로 상호 연결되어 있다. 공간적 배경으로서 길은 주인공의 내부에 영향을 줄 뿐 아니라, 주변 인물들과의 관계 및 사건에 대하여 보다 열린 시각을 가질 수 있는 기회를 제공하고 있다. 자연 속에서 진정한 인간의 심리가 드러날 수 있으며, 나아가 자연은 인간 내부의 가장 고귀한 감정을 일깨운다는 작가의 자연관[12]이 반영되고 있다.

ь обязательно одному, а если трое-четверо, ничего не выйдет, -приедешь бог знает куда, сядешь с друзьями за самовар, -и опять пошли московские разгов оры, будто и не уезжал. А одному скучно, когда один, тянет на люди, погово рить хочется, разузнать, как живут, -ведь каждый человек так глубок, так ин тересен. [밑줄-인용자]

길과 여행의 의미에 관해 말하자면 작가에겐 더 이상 유익한 것이 없다고나 할까요? 숱한 새로운 인상들에, 모든 것을 흥미롭게 바라보게 되고 생생하게 기억하게 되는데다가, 당장이라도 작품에 그려 넣을 만한 그런 인물들을 만나게 되니까요! 하지만 반드시 혼자 가야만 하지요, 서너 명이 간다면 제대로 될 리가 없습니다. 어딜 가든 친구들과 사모바르 앞에 앉게 되면, 다시 모스크바식의 대화가 시작되는 거지요. 여행을 가지 않은 것과 같아요. 혼자 다니면 적적하지만, 사람이 그립고 대화를 하고 싶고, 어떻게들 사는지 궁금해집니다. 모든 사람은 참으로 심오하며 흥미로운 존재이니까요."

필자는 상기 까자꼬프의 발언을 통하여 제시되는 길이라는 공간이 일상을 떠나 새로운 사람들과의 만남이 이루어지는 곳으로 인간의 깊은 내면을 탐색할 수 있는 장소라고 규정한다. 여기에서 까자꼬프가 강조하는 것은 혼자 길에 존재해야 한다는 것이다. 혼자 길이란 공간에 존재할 때 자기 자신과 또 다른 인물들의 내면세계를 탐구할 수 있다는 것이다. 길은 주변의 지인들을 포함한 모든 일상성과 격리된 곳으로서 자신의 새로운 모습과 새로운 인물들의 내면과 깊이 있는 교류를 가능하게 하는 공간인 것이다. 이와 같은 까자꼬프의 길과 여행에 관한 언급은 그의 작품에 제시되는 배경으로서의 길, 나아가 길이란 공간이 자아발견의 공간이요, 조화의 공간이라는 필자의 해석과 긴밀하게 연결된다.

12) 까자꼬프의 자연에 관해서는 Н. А. Чекулина, "Проблема героя в ранних расска зах……"(Ташкент, 1974) 참조.

체꿀리나의 관점에 따르면, 까자꼬프는 자연을 인간 도덕성의 한 규범으로 여겼다. 인간은 일상생활 속에서가 아니라, 자연 속에서 진정한 심리를 드러낸다는 것이다. 까자꼬프의 작품에서 자연은 영감을 주는 참된 친구(верный друг, вдохн овитель таланта)로 등장한다. 자연은 인간 내부에 존재하는 가장 고귀한 감정을 일깨운다. 자연의 세계에서 인간은 사회의 편견과 제약에서 벗어나 자기 자신이 단편 「밤」에서 주인공 사냥꾼이 도달하는 지고한 미(美)에 대한 인식은 예기치 못한 짧은 만남13) 속에서 그가 소년의 내면세계를 이해하고 받아들였다는 것을 의미한다. 타인의 내면세계에 대한 이해는 자신의 내면세계가 열려 있을 때에 가능하기 때문이다. 이때 중요한 요소로 작용하는 것이 바로 현대의 일상을 떠나 자신을 반추해 볼 수 있도록 하는 한밤중 산길이란 자연배경이다.

앞서 고찰한 작품을 토대로 까자꼬프가 선호했던 배경의 공통점을 찾을 수 있다. 모든 작중인물이 길을 가고, 그 길 공간이 작중인물의 내면에 영향을 끼치고 있음을 볼 수 있다. 까자꼬프의 여러 작품에 등장하는 다양한 길은 작가의 전체 작품세계를 꿰뚫는 통일성과 일관성을 부여한다.

까자꼬프는 숲, 강, 호수 등과 같이 자연 속의 길을 배경으로 자주 제시한다.14) 앞서 고찰하였던 단편들 「울며 통곡하며……」, 「참나무 숲의 가을」, 「파랑과 초록」, 「테디」, 「밤」, 「고요한 아침」에서 그 배경이 모두 숲, 강, 호수 등의 자연이었으며, 본 연구에서 구체적으로 다루지 않은 나머지 작품에서도 비슷한 배경이 등장한다.

작가는 스토리의 급반전15)을 보여주기보다는 등장인물이 길을 통해

되는 것이다(В мире природы человек осбовождается от предрассудков и условий, принятых в обществе, становится самим собой).[밑줄-인용자]

13) 유리 까자꼬프의 만남과 이별에 관해서는 이후에 보다 심도 있게 논의할 것이다. 길에서의 만남은 그 공간적 특성상 필연적으로 이별을 수반한다. 만남은 또 하나의 세계, 곧 우주와의 접촉을 의미한다.

14) И.С.Кузьмичев, (Москва, 1986), с. 300-303.
Если я люблю природу, я предполагаю такую же любовь к ней и в читателе, и если я пишу рассказ или роман и действие происходит на природе или в го роде, на улице, я никогда не упущу случая, чтобы дать пейзаж. Тем более чт о пейзаж помогает в создании настроения.
내가 자연을 사랑한다면 자연에 대한 사랑이 독자들의 내부에도 존재하는 것일 거란 생각이고, 또 내가 단편이나 소설을 쓸 때 그 행위가 이루어지는 곳이 자연이든 도시나 거리라 해도 나는 결코 배경 묘사의 기회를 놓치지 않는다. 왜냐하면 배경이 분위기 창출에 도움을 주기 때문이다.

조용히 자연 속에 머물 수 있는 기회를 제공한다. 길을 통한 자연과의 만남은 의식적으로 또는 무의식적으로 작중인물의 내면에 큰 영향을 주어 내적 변화를 이끌어내는 요소로 작용한다. 작가가 보여주는 길은 많은 사람이 동시에 존재하며 여러 가지 소란스러운 사건이 발생하는 공간이 아니라, 한 사람 혹은 두 사람이 자신을 되돌아보거나 서로의 관계를 반추하는 공간으로 제시된다.

까자꼬프가 ≪문학 신문≫과의 인터뷰에서 여행은 혼자 떠나야 한다고 주장한 바와 같이, 「참나무 숲의 가을」, 「파랑과 초록」, 「테디」, 「밤」, 「고요한 아침」 등을 포함한 대부분의 작품에서 등장인물들은 혼자 길에 존재한다. 「울며 통곡하며……」, 「사냥 중에」, 「아담과 이브」, 「12월의 두 사람」 등의 작품에서는 두세 사람이 함께 제한된 시간 동안 길 공간에 머물고 있다. 까자꼬프가 길 공간에서 등장인물의 숫자를 한 사람 또는 두세 사람으로 제한하는 목적은 길이란 공간에 머무는 등장인물에 대한 일상의 영향을 최소화하기 위해서이다.

동시에 까자꼬프가 묘사하는 길 배경의 특징은 자연과의 밀접한 연관성에 있다. 까자꼬프의 작품에서 길은 궁극적으로 자연 속에 있거나 자연으로 향하는 공간이다. 한 사람 또는 소수의 등장인물들이 길을 통하여 자연으로 향하게 되는 것이다. 이와 같은 까자꼬프의 배경이 갖는 특성은 길에서 이루어지는 등장인물들의 경험과 그 내면적 영향을 보다 효과적으로 관찰할 수 있는 문학적 장치이다.

작가의 배경이 갖는 특징으로 시각·청각·후각 등의 감각 이미지를 이용한 섬세하며 시적인 묘사를 들 수 있다. 다양한 감각 이미지 표현 기법은 까자꼬프의 묘사가 갖는 중요한 문체적 특성으로, 인간 내면을 드러내는 수단으로 종종 사용되고 있음을 확인할 수 있었다. 따라서 지금까지 까자꼬프 문학 연구의 초점이 작가가 보여주는 시적 분위기와

---

15) George Gibian, 앞의 책, p.322.

문체, 서정성에 맞추어졌던 것은 까자꼬프 문학이란 숲에서 나무에 주
안점을 두었던 것과 다를 바 없는 것이다.

작가가 인간 내면의 움직임을 표현해 내는 것이 문학의 궁극적 과제
라고 여겼던 점을 고려하면, 작가의 길 배경 묘사가 갖는 의미를 분석
할 필요가 제기된다. 까자꼬프의 배경은 지극히 섬세하고 아름다운데,
그 배경이 궁극적으로 표현하고자 하는 바는 사건이 발생하는 행위의
장소(место действия)가 아니라, 작중인물들의 심리적 풍경(психологич
еский пейзаж)이라는 점16)에 주목할 필요가 있다. 까자꼬프의 문학세
계에서는 작중인물의 심리 상태, 내적 변화가 전경화되는 반면, 외면적
인 사건은 한발 뒤로 물러서 있다. 이와 같이 까자꼬프의 작품에서는
외면적 사건이 중요한 의미를 갖지 못한다.17) 까자꼬프는 단단한 플롯
이나 뚜렷한 이야기 구조를 중시하기보다는, 그 공간에서 등장인물들이
체험하는 주관적이고 내면적인 감정의 흐름에 초점을 맞추고 있는 것
이다.

자전적 여행기18)를 작품화한 「북방일기」의 다음 텍스트는 까자꼬프
를 연구하는 많은 학자들이 즐겨 인용하는 부분으로 길을 향한 애정이
매우 서정적으로 표현된다. 아울러 작가의 천부적인 서정성은 고도의
예술적 경지에 이르고 있기 때문에, 본문의 정서와 감동이 전체적 문학
적 흐름에 저해 요소가 되는 것이 아니라, 오히려 자연스러움을 더해주
고 있다.

여기에 까자꼬프의 많은 단편의 분위기 속에서 볼 수 있는 작가의
세계관이 응축되어 표현19)되고 있으므로 길 연구에 중요한 의미를 갖

---

16) Е. Ш. Галимова, 앞의 책, с. 22.
17) Там же, с. 17.
18) *Вопросы литературы*, н. 2. (1979). 참조.
    유리 까자꼬프는 ≪문학의 제 문제≫라는 잡지와의 인터뷰에서 「북방일기(Север
    ный дневник, 1972)」가 1인칭 시점인 이유를 묻는 질문에 본인의 여행담을 작품
    화했기 때문이라고 답변하고 있다.

는다.

В дорогу, в дорогу! Я хочу говорить о дороге.

Отчего так прекрасно все дорожное, временное, и мимолетно
е? Почему особенно важны дорожные встречи, драгоценны зака
ты, и сумерки, и короткие ночлеги? Или хруст колес, топот к
опыт, звук мотора, ветер, веющий в лицо, —все плывущее мим
о, назад, мелькающее, поворачивающееся?······

Как бы ни были хороши люди, у которых жил, как бы ни б
ыло по сердцу место, где прошли какие-то дни, где думалось,
говорилось, и слушалось, и смотрелось, но ехать дальше-велик
ое наслаждение! Все напряжено, все ликует: дальше, дальше, н
а новые места, к новым людям! <······>

Едешь днем или ночью, утром или в сумерках, и все думае
тся, что то, что было позади, вчера, —это хорошо, но не так
хорошо, как будет впереди.

А как коротки и грустно-сладки прощания. <······>

Какими только не бывают дороги! <······>

И как трудно бывает в дороге! <······>

Не проходит вовеки только очарование движения, память о с
частье, о ветере, о стуке колес, шуме воды или шорохе собств
енных шагов. (377-378)

길, 길을 향하여! 나는 길에 관하여 이야기하고 싶다.
길에서 일어나는 순간적이며 찰나적인 모든 것이 어째서 그토
록 아름다울까? 길에서의 만남, 일몰과 석양, 짧은 숙박이 유난히
소중한 까닭은 무엇일까? 마차 바퀴 소리, 말발굽 소리, 발동기
소리, 얼굴을 스치는 바람까지, 지나치는 모든 것, 남겨두고 떠나
는 아련한 그 모든 것이 왜 이리도 애틋한가?······

---

19) Е. Ш. Галимова, 앞의 책, с. 7-8.

    함께 지냈던 사람들이 아무리 좋아도, 생각하고 이야기하며 보
고 들으며 며칠을 보냈던 장소가 제아무리 마음에 든다 해도 여
행을 계속하는 것은 큰 기쁨이다! 계속 긴장하게 되고 기쁨에 넘
쳐 환호한다. 앞으로 또 앞으로, 새로운 장소와 새로운 사람들을
찾아서! <……>

    밤낮으로 여행을 하며 가노라면 어제 있었던 일도 좋았지만,
내일보다는 좋을 수 없다는 생각이 든다.

    이별은 그 얼마나 순간적이고 슬프고도 달콤한가! <……>

    그 얼마나 다양한 길이 있는가! <……>

    또 길에서는 얼마나 고통스러운가! <……>

    길의 매력과 행복한 추억, 바퀴 소리, 물 흐르는 소리, 자신의
사박거리는 걸음 소리는 영원히 사라지지 않는다.

「북방일기(Северный дневник)」에 나오는 길의 찬가에서도 길은 까자
꼬프 고유의 서정적 필치로 시각·청각·후각 이미지를 도입하여 묘사
된다. 이 대목에서는 길에서의 경험과 길을 떠난 후의 기억이 언급되는
데, 이것은 길 공간에 대한 논의가 길에서의 경험으로 확장되어야 함을
암시하는 것이다.

    길의 찬가에는 작가의 목소리가 상당히 반영되고 있어, 길에 대한
까자꼬프의 세계관에 접근할 수 있다. 길은 경험을 위한 공간이다. 새
로운 공간에 대한 경험 및 그 공간에서 이루어지는 여러 인물들과의
만남과 이별 등을 통한 인간관계의 경험을 의미하는 것이다.

    길을 통하여 까자꼬프가 궁극적으로 탐구하고자 했던 바는 앞서 고
찰한 「북방일기」, 「울며 통곡하며……」의 본문에서 암시되고 있듯이, 등
장인물의 경험이라는 관점에서 논의되어야 한다. 길에서 이루어지는 남
자와 여자, 아버지와 아들, 서너 명의 동행인물들과의 만남과 이별을
통한 여러 층위의 인간관계, 그리고 길을 통해 새로운 공간, 즉 자연
공간으로 향하는 등장인물들의 내면 체험의 의미를 밝히는 것이 까자

꼬프의 문학을 이해하는 데 필수적인 과제로 대두된다.

까자꼬프 특유의 서정적 묘사는 인간의 미묘한 의식의 흐름을 포착하여 묘사하려는 작가의 부단한 노력의 결실이었다. 또한 시각·청각·후각 등의 다양한 감각 이미지를 이용하여 서정적으로 묘사하고 또 인간을 자연으로 이끄는 길 배경을 제시하는데, 이것은 그 길을 가는 인간의 경험과 그와 함께 이루어지는 정신세계의 변화를 드러내기 위한 요소이다.

Ⅲ
길 떠나기

유리 까자꼬프 작품에 나타나는 길은 궁극적으로 자아발견의 공간이다. 작품의 등장인물들이 도달하는 자아발견은 길을 떠나고 길에서 경험함으로써 성찰에 이르는 과정으로 요약될 수 있으며, 그 첫 단계는 길을 떠나 새로운 세계로 나아가는 것이다.

까자꼬프의 길을 연구할 때 작중인물이 길을 떠나는 의미를 우선 밝혀야 한다. 왜냐하면, 작가의 여러 작품에서 길을 떠나는 행위는 어머니로부터의 독립과 긴밀히 연결되고 이를 통해 등장인물들 자아 성숙의 과정이 강조되기 때문이다.

1. 길 떠나기

유리 까자꼬프의 여러 작품에서 길을 떠나는 것은 모성으로부터의 독립과 본성의 획득, 즉 자유의 성취를 예고한다. 길을 향하는 것은 곧 집을 떠나는 것을 의미하는데, 집은 태어나고 성장한 곳으로 보호와 은신처라는 상징적 의미를 갖는다.[1]

---

1) 가스통 바슐라르, 곽광수譯, 『공간의 시학』(서울: 민음사, 1993), pp.165-168.
  (집의) 이미지는 어린 시절에 대한 향수에서 오는 것이 아니라, 집의 현실적인 보호역할 가운데 주어져 있다. 여기서는 공통의 애정뿐만 아니라, 그에 대하여 공통의 힘이, 두 용기의, 두 저항의 응집이 있다. 거주지를 '감싸 안'아서, 가깝게 모인 사면 벽과 더불어 한 몸뚱이의 골방이 되는 이 집이야말로 얼마나 훌륭한 존재의 응집의 이미지인가! 은신처가 수축된 것이다. 그래 한결 더 보호적으로

까자꼬프의 문학에서 집은 종종 어머니의 이미지와 긴밀히 연결되며, 집과 어머니, 곧 모성은 동일시되곤 한다. 집과 어머니의 이미지가 더욱 분명하게 동일시되는 경우는 「파랑과 초록」, 「테디」, 「길을 가다가」, 「빵 냄새」, 「촛불」 등의 작품에서 찾을 수 있는데, 어머니는 주인공을 낳고 기르는 보호자의 이미지를 갖는다. 까자꼬프의 작품에서 등장인물들이 길을 떠나는 행위는 보호자인 어머니로부터의 독립이며 비로소 온전한 홀로 서기의 출발을 의미한다.

1956년에 발표된 단편 「파랑과 초록」은 소년과 소녀, 즉 알료샤와 릴랴의 사랑을 소재로 한다. 이 작품은 17세 소년 알료샤가 경험하는 첫사랑과 실연을 통한 성장의 과정을 보여준다. 알료샤는 「테디」, 「사냥개 알크투르」, 「촛불」, 「너는 꿈속에 서럽게 울었지」 등의 작품에 등장하는 동물이나 아기를 제외하면 까자꼬프의 등장인물들 중에서 가장 연령이 낮은 주인공이다.

전쟁 이후 모스크바의 고등학생이던 알료샤는 단편의 제7장에서 1940년대 대학생, 나아가 어엿한 사회의 일원으로 성장한다.[2] 릴랴가 보다 적극적이며 활달한 성격의 소유자인 반면, 알료샤는 소극적이며 소심하고 자신감이 없다. 이 단편의 시점은 알료샤의 내면의 흐름에 고정되어, 알료샤가 처음으로 릴랴를 만나 악수하고, 극장에 가고 모스크바를 거니는 장면 등이 첫사랑을 체험하는 소년의 눈을 통해 서정적으로 묘사된다. 그러나 알료샤의 행복은 오래 지속되지 않는다. 알료샤와 소원해진 릴랴에게 애인이 생기고 결혼하여 북부로 떠나버리기 때문이다.

「파랑과 초록」에서도 '북부(севср)'는 알료샤가 내면 변화를 체험하는 심리적 공간이 된다. 릴랴가 결혼 후, 남편과 함께 떠나는 공간이고, 알료샤가 어른이 된 후 지향하는 공간일 뿐 아니라, 소년 알료샤가 자

되어, 외부적으로 한결 더 강해진 것이다. [밑줄-인용자]
2) И.С.Кузьмичев, (Ленинград, 1986), с. 33.

신의 내면을 돌아볼 기회를 제공하는 공간이기 때문이다. 알료샤는 릴
랴를 알게 된 지 얼마 되지 않아, 북부로 여행을 한다. 알료샤의 첫 북
부 여행은 성숙의 첫 관문으로 심리적으로 모태를 벗어나는 길 떠나기
란 의미를 갖는 중요한 사건이다.

알료샤는 어머니의 보호를 받는 미성년이다. 알료샤의 미성숙은 알료
샤의 위치, 어머니와 동행한다는 사실, 말투, 그 외 알료샤를 규정하는
여러 표현 등에서 반복하여 확인된다.

무엇보다 알료샤의 미성숙은 그가 어머니와 함께 여행을 한다는 점과
첫사랑을 회상할 때 그가 서 있는 위치에서 확인할 수 있다. 첫사랑의
강한 영향을 강조하기 위해 현재형으로 서술되는 이 작품의 서두에서
알료샤는 릴랴와의 첫 만남을 회상한다. 알료샤가 릴랴와 첫 인사를 나
누는 곳은 아파트 마당의 깊숙한 바닥(на дне глубокого двора)이다.3)

Мы стоим на дне глубокого двора.

우리는 마당의 깊숙한 바닥에 서 있다. (42) [밑줄-인용자]

알료샤는 평평한 땅 위에 있지 않고 움푹 파인 깊숙한 마당의 바닥
에 있는 것으로 묘사된다. 이와 같이 어둡고 내밀한 구석, 깊숙한 바닥
이란 위치는 알료샤가 심리적으로 어머니의 모태에 존재하고 있음을
암시한다. 알료샤가 위치한 '깊숙한(глубокий)' 곳은 작가의 정교한 언
어 기법을 통하여 인접성에 따라 반복되면서 일정한 의미구조를 형성
하여 알료샤의 심리적 종속성을 확고히 한다. 이에 대해서는 다음 페이
지에서 예를 들어 설명할 것이다.

---

3) 여기에서 묘사되는 아파트는 러시아의 대도시에서 볼 수 있는 마치 성벽과 같은 정
방형 구조의 아파트이다. 사면이 아파트이고 가운데에 정방형 공간이 있는데, 이곳(д
вор)은 건물에 가려 일조량이 적고 상대적으로 어두워서, 깊숙한 공간으로 인식되곤
한다.

-Лиля, -говорит она глубоким грудным голосом и подает м
не горячую маленькую руку.

Я осторожно беру ее руку, пожимаю и отпускаю. Я бормочу
при этом свое имя. Кажется, я не сразу сообразил, что нужно
назвать свое имя. Рука, которую я только что отпустил, нежно
белеет в темноте.<·····>

Мы стоим на дне глубокого двора. Как много окон в этом квадра
тном темном дворе: есть окна голубые и зеленые, и розовые, и прос
то белые. Из голубого окна на втором этаже слышна музыка. <·····>

Я стою и слушаю джазовую музыку со второго этажа, из го
лубого окна.<·····>

Но я молчу, я весь во власти необыкновенного ритма и сере
брянного звука трубы. (42) [밑줄-인용자]

"릴랴라고 해." 그 아이는 이렇게 가슴 깊은 곳에서 나오는 소
리로 말하며 작고 뜨거운 손을 내민다.

나는 조심스레 그 아이 손을 잡아 악수하고 놓는다. 나는 악수
를 하며 내 이름을 중얼거리듯 말한다. 난 내 이름을 말해야 한
다는 것을 바로 생각하진 못했던 것 같다. 방금 내가 악수하고
놓은 그 손이 어둠 속에서 보드랍고 하얗게 빛나고 있다. <·····>

우리는 마당의 깊숙한 바닥에 서 있다. 이곳 어두운 정방형 마
당에는 창문이 많기도 하다. 푸른색, 초록색, 분홍색 그리고 그냥
흰색 창문도 있다. 2층 푸른색 창문에서 음악이 들려온다. <·····>

나는 2층 푸른색 창문에서 들려오는 재즈음악을 들으며 서 있다. <·····>

하지만 나는 트럼펫의 묘한 선율과 맑은 음에 사로잡혀 아무
말도 하지 않는다.

'깊숙한(глубокий)'이란 수식어는 '푸른(голубой)'이라는 인접한 발음
의 수식어와 교차하며 시적 운율이 되어 정교히 도입된다. 러시아 원문
에서 두 단어가 갖는 발음상의 인접성이 효과적으로 작용하여 알료샤

의 '깊숙한(глубокий)' 심리적 위치가 더욱 강조되는 것이다. 첫 데이트
를 한 뒤 헤어지는 다음 장면에서 까자꼬프는 '소리가 울리는(гулкий)'
이라는 수식어를 도입하여, '깊숙한 (глубокий)', '푸른(голубой)', '소리
가 울리는(гулкий)' 등 인접한 발음의 반복과 변이를 통하여 음악적 효
과를 강화시킬 뿐 아니라 시적 분위기를 창출한다.

Наконец мы расстаемся в ее тихом гулком дворе. (47) [밑
줄 - 인용자]

마침내 우리는 그녀의 고요하고 소리가 울리는 마당에서 헤어진다.

'깊숙한(глубокий)'과 '푸른(голубой)'이 시각적 효과를 갖는다면, '소
리가 울리는(гулкий)'이란 수식어는 그 음(звук)과 의미에서 세 단어의
반복을 통해 청각적 효과를 높이는 것이다. '소리가 울리는(гулкий)'이
란 표현을 도입함으로써, 소년과 소녀가 위치한 마당이 앞의 모든 소리
와 청각적 이미지, 그리고 음악이 공명하는 장소가 된다. 즉, 알료샤는
이 모든 청각적 이미지 속으로 깊이 빠져들고 있는 것이다.

알료샤는 음악에 사로잡혀 있고, 까자꼬프는 독자들을 그의 언어의
음악에 사로잡히게 한다. 알료사가 듣는 음악과 까지꼬프의 언어의 음
악성이 교묘하게 병치되어, 이 단편 전체가 하나의 완결된 음악, 강한
청각적 이미지로 전달되고 있다.

이 단편의 제목 「파랑과 초록」에서 '파랑(голубое)'과 '초록(зеленое)'[4]
은 알료샤의 심리적 미성숙, 그것의 극복 및 성장의 과정을 각각 상징한

---

4) 작품의 종결부에 이르러 알료샤는 결혼하여 떠나는 릴랴를 배웅함으로써 첫사랑
   을 마무리한다. 이때 상징적으로 첫사랑이 끝났음을 보여주는 표현이 바로 'толь
   ко сейчас платформа вся в зелени'이다. 작품 전체를 관통하는 상징적인 두 색
   은 바로 제목에서 제시되어 알료샤의 심리적 성장과정을 드러내는 파랑(голубое)
   과 초록(зеленое)이다.

다. 더욱이 '푸른(голубой)' 창문을 통해 들려오는 음악에 '사로잡혀 있다(весь во власти)'는 표현에서 알료샤의 미성숙한 상태는 확고한 의미구조를 이루며 독자에게 전달된다.

　다음과 같은 언어의 사용은 감정과 생각에 자신을 갖지 못하고 타인의 시선을 의식하는 알료샤의 미성숙함을 드러내준다.

> Я люблю слушать хороший джаз. Некоторые не любят, но я люблю. Не знаю, может быть, это плохо. (42) [밑줄-인용자]

> 나는 멋진 재즈 듣기를 좋아한다. 어떤 사람은 좋아하지 않지만 나는 좋다. 어쩌면 좋아하는 것이 나쁜지도 모르겠다.

> Нет, я, наверное, все-таки глуп. (44) [밑줄-인용자]

> 아니, 어쩌면 내가 어리석은지도 모른다.

> Мне кажется, все они смотрят на меня и отлично знают, зачем я пришел. (45) [밑줄-인용자]

> 모두들 내가 왜 여기에 왔는지 알고서 나를 쳐다보고 있는 것 같았다.

> Как они смеются теперь надо мной! (46)

> 그 아이들이 이제 나를 얼마나 비웃고 있을까!

　알료샤는 '아마도, ―인 듯하다(может быть, наверное, кажется)' 등과 같은 어휘를 반복적으로 사용하고 있을 뿐 아니라, 타인의 시선과 평가에 민감한 반응을 보인다. 알료샤의 어휘선택은 결단력과 자신감의 결여를 의미한다. 제3자의 시각에 의존하는 것은 알료샤의 자아가 충분히 성숙하지 못하였음을 보여주고 있다. 이와 같은 알료샤의 언어사용 및 태도는 그의 미성숙한 모습을 드러내는 요소이다.

나아가 알료샤의 길 떠나기는 어머니와 동행한다는 특징을 갖는데 이것 역시 알료샤가 심리적으로 어머니를 벗어나지 못하고 있음을 보여준다. 까자꼬프의 작품에서 어머니와 함께 길을 떠나는 경우는 「파랑과 초록」의 알료샤가 유일하다.

다른 작품들에서 주인공들이 홀로 또는 두세 명의 동행인과 길을 떠나는 것과 달리, 알료샤는 어머니와 동행하고 있다. 「파랑과 초록」에서 알료샤는 두 번 북부로 여행을 한다. 첫 여행은 릴랴와 교제 도중 어머니와 함께 떠나고, 두 번째는 릴랴가 결혼 후 혼자 떠난다. 다음은 릴랴와 사귀던 중 17세의 알료샤가 북부로 길을 떠나는 대목이다.

> А через неделю мы с матерью уезжаем на Север. Я давно м
> ечтал об этой поездке—с самой весны. Но теперь жизнь в дере
> вне для меня полна особенного значения и смысла.
>
> Я впервые попадаю леса, в настоящие дикие леса, и весь пе
> реполнен радостью первооткрывателя. У меня есть ружье, —мн
> е купили его, когда я окончил девять классов, —и я охочусь.
> Я брожу совсем один и не скучаю. Иногда я устаю. Тогда я с
> ажусь и смотрю на широкую реку, на низкое осеннее небо.
> (48) [밑줄—인용자]

일주일 후 나는 어머니와 함께 북부로 여행을 떠난다. 이미 오래전 봄부터 나는 이 여행을 꿈꿔왔다. 지금의 시골 생활이 내겐 특별한 의미를 갖는다.

나는 처음으로 진정한 야생의 숲에 들어서기에 첫 발견자의 기쁨으로 벅차다. 9학년을 마쳤을 때 선물 받은 총이 있어서 난 사냥을 한다. 혼자 돌아다니는데 무료하지 않다. 가끔 피곤할 때

도 있다. 그럴 때는 앉아서 넓은 강과 낮은 가을 하늘을 바라다
본다.

본문에서 알 수 있듯이, 알료샤는 비록 어머니와 함께(c матерью)
여행을 떠났지만, 여행지에서는 혼자(один) 행동한다. 북부의 숲에서
알료샤는 비로소 어머니 곁을 떠나게 된다. 한 달 동안 북부의 자연
속에서 알료샤는 정신적으로 어머니를 벗어나 보다 독립적으로 자신을
바라보고 생각하게 된 것이다.

> Мало ли что можно делать в лесу! Можно сесть на берегу
> озера и сидеть неподвижно. Прилетят утки, с шипением опустя
> тся совсем рядом. <……>
> Мало ли можно делать в лесу. Можно просто лежать, слуша
> ть гул сосен и думать о Лиле. Можно даже говорить с ней. Я
> рассказываю ей об охоте, об озерах и лесах, о прекрасном запа
> хе ружейного дыма, и она понимает меня, хотя женщины вооб
> ще не любят и не понимает охоты. (48−49)

> 숲에서 얼마나 많은 것을 할 수 있는가! 호숫가에 앉아 가만
> 히 있을 수 있다. 그러면, 오리들이 꽥꽥 소리치며 내게 바짝 다
> 가온다. <……>
> 숲에선 그 얼마나 많은 것을 할 수 있는가! 그냥 누워서 소나
> 무에서 울리는 둔탁한 소리를 들으며 릴랴 생각을 할 수 있다.
> 그녀와 말도 할 수 있다. 나는 그녀에게 사냥, 호수와 숲, 소총
> 연기의 멋진 냄새에 대해 이야기한다. 여자들이란 대개 사냥을
> 좋아하지도 이해하지도 못하지만 그녀는 나를 이해한다.

한 달 동안 알료샤는 인적 없는 깊은 숲 속을 홀로 거닐며 릴랴에
대한 자신의 감정을 성숙시키게 된다. '숲에서 얼마나 많은 것을 할 수

있는가(Мало ли можно делать в лесу)'라는 표현의 반복 서술을 통하여 숲 속에 혼자 존재하며 알료샤가 누리는 자유가 강조된다. 상기 인용문에서는 시각·청각·후각 등의 이미지가 현실과 내면 의식 속에 서로 혼재한다. '소나무에서 울리는 둔탁한 소리(гул сосен)'라는 청각 이미지의 매개로 릴랴 생각에 잠기고 그녀에게 그가 시각·후각으로 경험하는 숲의 생활을 이야기한다. 소년 알료샤의 내면과 현실의 공감각적 이미지 서술은 의식의 흐름을 보다 생생하게 독자에게 전달한다. 알료샤는 숲에서 자유를 만끽함으로써, 심리적으로 어머니의 보호를 벗어날 기회를 갖는 것이다.

알료샤의 미성숙은 그가 아직 심리적으로 어머니로부터 독립하지 못하였음을 의미하는데, 이는 북부의 자연 속에서 홀로 길을 떠남으로써 극복된다. 알료샤는 북부 여행을 통하여 어머니로부터 정신적으로 독립할 기회를 갖게 되고, 미성숙성을 극복하고 자신의 감정을 받아들이게 되며, 릴랴를 보다 정확하게 바라볼 수 있게 된다.

> Какие у нее темные глаза, почему я раньше думал, что они серые? Они совсем темные, почти черные. (49) [밑줄-인용자]

> 그 애 눈동자는 참 짙다. 그런데 왜 나는 회색이라고 생각했을까? 검은 색에 가까운 짙은 눈동자인데.

> Москва оглушила меня своим шумом, огнями, запахом, много людством, от которых я отвык за месяц. И я с робкой радостью думаю, как хорошо, что в этом огромном городе у меня есть любимая. (49) [밑줄-인용자]

> 한 달 동안 잊고 지냈던 모스크바의 소음, 불빛, 냄새, 넘치는 인파(人波)로 나는 정신이 멍해졌다. 이 거대한 도시에 사랑하는

<u>여인이 있다</u>는 것이 얼마나 행복한 일인지 수줍은 기쁨을 느낀다.

위의 예문에서 보듯이, 소심한 소년 알료샤는 릴랴의 모습을 새로이 발견하고, 자신의 감정을 인식하기 시작한다. 인용문에서 알 수 있듯이, 알료샤는 릴랴의 눈동자의 색조차 정확하게 알지 못하고 있었으며, 나아가 릴랴와의 만남과 관계에 대해서도 정확한 판단을 내리지 못하고 있었다. 알료샤는 처음으로 릴랴를 사랑하는 여인(любимая)으로 인식함으로써 자신의 감정 변화를 인정하고 받아들이기 시작한다. 알료샤는 남의 시선과 판단을 상당히 의식하고 자신의 느낌이나 생각에 자신감을 갖지 못하는 어린 소년이었다. 모스크바에서의 산책이 첫사랑의 감정을 발전시키고 있다면, 북부로의 여행은 자연 교감을 통한 자아성찰의 기회를 제공하고 있다.5) 한 달간의 북부 여행 후 알료샤는 자신의 감정을 받아들이고 확신하기 때문이다.

모스크바는 알료샤가 릴랴를 만나고 첫사랑을 경험하는 공간인 반면에, 북부의 자연은 심리적으로 성숙하는 공간이다. 이 작품의 제목 「파랑과 초록」에서 파랑은 작품 속에서 '파란 창문'의 이미지로 알료샤의 시적 내면세계를, 초록은 알료샤와 릴랴가 헤어지는 '초록 플랫폼'의 이미지로 첫사랑의 시(詩)와 그것의 상실을 상징한다.6)

> Наверное, она сейчас проезжает мимо той платформы, на которой мы поцеловались в первый раз. Только сейчас <u>платформа вся в зелени.</u> Посмотрит она на эту платформу? Подумает ли обо мне? Впрочем, зачем ей смотреть? Она смотрит на своего мужа. Она его любит. Он очень красивый, ее муж. (65) [밑줄-인용자]

5) Н. А. Чекулина, "Проблема героя в ранних рассказах……", с. 92-93.

6) Н. Чекулина, "Рассказы Юрия Казакова в лирической прозе 60-х годов(голубое и зеленое)," *Искусство слова (О мастерстве писателя и критика)* (Ташкент, 1982), с. 91.

그녀는 지금쯤 우리가 처음 입맞춤했던 그 플랫폼을 지나고
있을 것이다. 다만 지금은 그 플랫폼엔 온통 녹음이 짙을 것이다.
그녀는 그 플랫폼을 쳐다볼까? 나를 생각할까? 하지만 그녀가 뭐
하러 쳐다본단 말인가? 그녀는 지금 남편을 보고 있다. 그녀는
그를 사랑한다. 그는 무척 미남이다, 그녀의 남편은.

'녹음이 짙은 플랫폼(платформа в зелени)'에서 초록은 알료샤의 첫사
랑이 무르익던 겨울이 지나고 새로운 계절이 도래하였음을 암시한다.
인용문에서 알료샤는 릴랴가 더 이상 자신을 생각하지 않을 것이라는
사실을 인정하고 받아들인다. '파랑'이 알료샤의 시적 감수성을 보여준
다면, '초록'은 첫사랑이 끝났음을 상징적으로 표현한다.

이 작품에서 북부 테마(тема севера)는 소년 알료샤가 자기인식의 과
정을 거치며 내면을 시험하는 공간으로 대두된다.7) 모스크바에서 알료
샤는 자아의 참모습을 인식하지 못하며, 주변 세계에 대한 이해도 부족
하였다. 그러나 어머니의 보호에서 벗어나 혼자 길에 존재함으로써 알
료샤는 자아를 되돌아보고 성숙과 변화의 기회를 갖는다.

북부의 숲이라는 자연 공간은 알료샤의 내면 성숙의 심리적 공간으로
기능한다. 모스크바 공간에서 외면적 사건이 진행된다면, 러시아 북부의
자연 공간에서는 내면적 변화가 이루어지고 있는 것이다. 알료샤의 변
화, 즉 성숙의 시작은 어머니의 보호를 벗어나는 것에서 비롯된다.

러시아의 어머니상을 가장 예술적으로 표현한 것으로 평가8)되는 단
편「길을 가다가」에서 스네기로프는 시베리아를 향해 길을 떠난다. 스
네기로프는 자신의 이상을 실현하기 위해 어머니를 떠나 외부세계로

---

7) Н. А. Чекулина "Лирическая проза⋯⋯" (Москва, 1984), c. 8. 참조.
   북부 테마는 또한 인간과 자연의 문제 해결과 긴밀하게 관련된다. 만약 작중인물
   이 자연을 이해할 능력이 있다면 그는 더 큰일을 할 수 있는 것이다.
8) Н. А. Черкулина, "Лирическая проза⋯⋯", c. 7.

향하는 것이다. 스네기로프의 자아 성숙의 과정도 「파랑과 초록」, 「테디」의 알료샤와 테디와 마찬가지로 보호자와의 이별에서 시작된다.

「길을 가다가」에서 운전사 일리야 스네기로프는 이미 지난해 겨울 시베리아로 일하러 갔었으나 그곳에서 낯선 생활에 적응하지 못하고 돌아왔다. 그가 새로운 생활에 적응할 수 없었던 까닭은 가건물인 임시 숙소와 시베리아 타이가의 모기떼를 견디기 힘들었기 때문이다. 그가 첫 시베리아 생활에 실패하고 집으로 되돌아오게 된 이유는 바로 어머니의 보호에 대한 향수이다. 어머니가 계신 집은 가건물이 아닌 안정감을 갖춘 튼튼한 건물이고, 집에서 어머니는 크고 작은 외부의 자극으로부터 스네기로프를 보호한다. 따라서 스네기로프의 귀향은 그가 아직 심리적으로 어머니를 벗어나지 못했음을 역설적으로 보여주는 대목이다. 그러나 귀향 후 시간이 흐를수록 시베리아 건설의 이상이 더욱 강하게 그의 마음을 끌어당긴다.

> По ночам, в одиноких рейсах, легко думалось о прошлом, забывалась обида на Сибирь, меркло все плохое, будто и не было его никогда, а оставалась одна красота и мощь горных кряжей, неистовых нерусских рек, бетонных тяжелых контуров плотин……
>
> И, решив однажды в феврале снова поехать туда, в мае, за неделю до отъезда, Снегирев взял расчет. (205)

한밤중 외로운 길을 갈 때면 옛 생각이 곧잘 떠오른다. 시베리아에서 화나던 기억은 잊혀지고, 나쁜 기억은 아예 없었던 듯 희미해졌으며 낮게 이어지는 산들, 광란하는 듯한 이국적인 강, 육중한 콘크리트 댐의 아름다움과 위용만이 남았다……

이월에 한 번 다시 그곳에 가기로 결심하고, 오월에 떠나기 일주일 전 스네기로프는 퇴직하였다.

한 해 전 시베리아 생활에 실망하고 돌아와 몇 개월이 되자 그는 시
베리아에서 고생하였던 기억을 잊고 다시 그곳으로 일하러 가기로 결
심한다. 시간의 흐름과 함께 힘들었던 기억을 잊고 즐거운 기억만을 갖
게 되는 것은 까자꼬프의 「북방일기」의 길 예찬에서 길에 관한 기억과
일치한다. 이것은 작가의 여러 작품이 하나의 내적 통일성과 흐름을 갖
는다는 견해9)를 확인할 수 있는 또 하나의 단서가 된다.

길에 관한 작가의 철학과 견해가 반영되는 등장인물 스네기로프가
다시 시베리아로 향하게 된 데는 이와 같은 길에 대한 기억의 영향,
그리고 시베리아의 건설이란 시대적 사명10)이 담겨 있다.

---

9) *Вопросы литературы*, н. 2, (1979).
≪문학신문≫은 유리 까자꼬프와 가진 특별 인터뷰에서 다음과 같은 질문을 하
는데, 이것은 동시대 문학 비평가들이 까자꼬프 작품 전체를 일관하는 통일성이
있는 것으로 보았음을 시사한다.
Внутри каждого вашего сборника обычно ощущается единство. Похоже, что р
ассказы образуют цикл. Взять хотя бы вашу последнюю книгу ≪Во сне ты горько
плакал≫. Очевидно, за таким построением стоят какие-то осознанные принципы?
[밑줄-인용재]
귀하의 모든 선집(選集)에서는 어떤 통일성이 느껴집니다. 단편들이 어떤 사이클
을 형성하는 것 같습니다. 최근 발간된 ≪너는 꿈속에 서럽게 울었지≫를 예로
들어도 그렇지요. 그런 구성에는 의도적인 원칙이 있는 것이 분명한 듯한데요?

동시내 비평가들의 선해는 몇몇 작품이 하나의 작품으로 읽힐 수 있다는 데서
비롯된다. 「못생긴 여자」와 「저기 개가 달려가네요!」, 「파랑과 초록」과 「사냥 중
에」 등의 작품에서 그러한 주장의 근거를 발견할 수 있다.
예를 들어, 「못생긴 여자」와 「저기 개가 달려가네요!」 등 두 단편에서 등장인물
들은 서로 다른 입장에서 유사한 상황을 경험한다. 두 작품은 서로 상보적 관계
로 하나의 통일성을 갖는다. 「파랑과 초록」의 알료샤가 성인이 된 모습을 「사냥
중에」의 뾰뜨르 니꼴라예비치에게서 발견할 수 있다. 알료샤와 뾰뜨르 니꼴라예
비치의 사냥 여행과 첫사랑의 행복한 기억, 그리고 예민한 감수성 등이 두 인물
을 내적으로 긴밀히 연결시키는 요소로 작용한다.

10) *Вопросы литературы*, н. 2, (1979).
까자꼬프는 ≪문학 신문≫과의 인터뷰에서 '동시대 여러 작가들 사이에서 여행
이 특별히 사랑을 받았는데 유행 이상의 어떤 이유가 있었느냐'는 질문에 대하여
다음과 같이 답변한다.

첫 번째 길 떠나기에서 스네기로프는 자아 성숙과 모성의 보호 사이에서 후자를 선택하고 어머니가 계신 집으로 돌아왔다. 스네기로프는 모성의 보호를 벗어나는 최초의 경험에서 홀로 서기를 포기하였던 것이다. 그러나 곧 스네기로프가 다시 시베리아를 향해 길을 떠나기로 결심한다는 사실에 주목해야 한다.

왜냐하면, 첫 번째 길 떠나기에서 어머니의 보호를 벗어나 보았기 때문에 스네기로프의 두 번째 결심은 더 확고한 것이다. 스네기로프는 그가 어떤 선택을 해야 하는지를 분명히 인식하고, 어머니의 보호 속에 미성숙한 모습으로 남기보다는 자아 성숙의 길을 선택한 것이다.

그의 결심은 확고해졌으나, 마음 한구석에는 그를 괴롭히는 것이 있다.

> Ложась спать, он думает о Сибири, о матери, которая остается одна, ему делается попеременно то грустно, то весело, —он курит украдкой и никак не может заснуть. (205) [밑줄 - 인용자]

В ту пору начали возводиться стройки, Братская ГЭС, поднимали целину. Туда и поехали все мои друзья. Великие стройки были действительно веянием времени. И еще одна причина: тогда был в большом почете среди нас Хемингуэй, который, как известно, часто писал от первого лица: он и путешественник, и охотник, и рыбак, и корреспондент. ≪Географически≫ богатая личность. И этот хемингуэевский настрой дал тонус многим нашим писателем, находившимся под его влиянием, и вообще много хорошего. Страна—то какая огромная: тут тебе и экзотика, и социалистическое строительство, —и все побежали: чем дальше, тем лучше. Вот и я побежал……

그 당시 수력발전소 건설이 시작되고 처녀지가 개간되었다. 나의 모든 친구들이 그곳으로 갔었다. 그러한 대단위 건설은 사실상 시대적 산물이었던 것이다. 그리고 또 하나의 원인을 들 수 있는데, 그 무렵 우리들은 헤밍웨이를 무척 존경하였다. 헤밍웨이는 자주 일인칭으로 작품을 썼고, 등장인물은 여행자, 사냥꾼, 어부, 또는 통신원이었다. 모두 ≪지리적≫ 경험이 풍부한 인물들이었다. 이러한 헤밍웨이의 분위기는 그의 영향권하에 있는 많은 우리 작가들을 자극하였으며, 전반적으로 좋은 점이 많았었다. 나라는 넓고도 넓었고, 이국적인 정취와 사회적 건설이 기다리고 있었기에 모두들 달려갔던 것이다. 멀리 갈수록 더욱 좋았다. 그렇게 나 역시 달려왔던 것이다……

잠자리에 누워 <u>시베리아</u>와 <u>홀로 남을 어머니</u>를 생각하니 슬픔
과 기쁨이 교차하여 몰래 담배를 피웠고 도저히 잠을 이룰 수 없
었다.

스네기로프에게 시베리아가 길 떠나기를 통한 자아 성숙의 과정을
상징적으로 의미한다면, 어머니는 안정과 보호의 근본인 것이다. 스네
기로프의 내적 갈등은 「순례자」의 이오안과 마찬가지로 그들의 삶에서
집과 길의 두 공간이 양립할 수 없다는 점에서 비롯되고 있다.

스네기로프는 밤늦게 귀가할 때 안마당에 들어서기 전에 신을 벗어
들고 들어온다. 혹시나 어머니의 단잠을 깨우지나 않을까 염려하는 마
음에서 나온 세심한 행동으로 그의 효심을 엿볼 수 있게 한다. 그러나
이와 같은 어머니에 대한 그의 효심도 그를 집에 머물게 할 수는 없다.
스네기로프에게 집은 어머니의 사랑과 안정감이 존재하는 공간이다. 그
러나 시베리아 개발이라는 원대한 이상과 꿈 앞에서 스네기로프는 망
설이기는 하나 확고한 태도로 자아실현을 위하여 시베리아로 향한다.
스네기로프는 집을 떠나지만, 결코 집과 어머니의 사랑을 잊지 않을 것
이다.[11)]

이 작품에서 집의 이미지는 어머니의 이미지와 일치한다. 그가 집을
떠나는 것은 어머니 곁을 떠나는 것이고, 집의 인정감과 사랑은 바로
어머니로부터 나오는 것이기 때문이다. 어머니의 사랑이 예술적으로 표
현되는 이 작품에서 가장 중요한 장면은 스네기로프와 어머니의 이별
이다. 그가 시베리아로 떠나갈 때 그를 배웅하는 사람은 오로지 어머니
뿐이다. 아들을 머나먼 시베리아로 보내며 어머니는 그의 건강을 염려
하고 성호를 그어 축복해 준다.

아들과의 이별이 몹시 슬프기는 했지만, 어머니는 아들이 떠나는 것
을 되돌릴 수 없다는 것을 인식한다.

---

11) Н. А. Чекулина, "Лирическая проза……", с. 7.

Но мать все идет, все не может повернуть назад. Слезы наб
егает ей на глаза, и она отирает их концами косынки. Ей тепе
рь не нужно сдерживаться, одна она в поле…… ≪Господи!-ду
мает она. -Не нужен им дом родной! Ездют, ездют, вся земля
поднялась-время какое ноне настало!≫ (207-208)

그러나 어머니는 걷기만 할 뿐, 아무것도 되돌릴 수는 없었다.
눈물이 앞을 가려, 어머니는 머릿수건 자락으로 눈물을 훔쳤다.
들판에 홀로 있으니 이제는 더 이상 참지 않아도 된다…… '오,
하느님!' 어머니는 생각했다. '고향 집이 필요 없는 거야! 온 세
상이 일어나 모두들, 모두들 떠나는 그런 때가 됐구먼!'

스네기로프가 두고 떠나는 고향 집(отчий дом)은 떠나는 아들의 마
음이 불편할까 염려하여 눈물도 자제하고, 사랑하는 아들의 이상과 꿈
을 위해 모든 것을 받아들이는 어머니의 극진한 사랑의 모습을 통해
이렇듯 애잔하게 표현된다. 「길을 가다가」의 스네기로프에게 집의 의미
는 어머니의 헌신적인 사랑으로 다가온다.
　「순례자(странник, 1956)」에서 이오안은 안정과 행복의 공간인 집을
가질 수 없는 까닭에 슬프고 불행하다. 반면, 「길을 가다가」의 스네기
로프는 비록 몸은 어머니가 계신 집을 떠나지만, 어머니와 집을 기억할
것이고 또 어머니의 사랑은 변함없을 것이기에 그는 행복하다. 시베리
아로 향하는 그의 마음속에는 사랑의 집이 존재하고, 또한 그는 어머니
가 계시는 집으로 언젠가 다시 돌아올 것이기 때문이다.
　이와 같이 스네기로프에게 집은 모성을 상징하는 안정의 공간이다.
어머니의 사랑은 스네기로프를 지탱하는 힘이며, 동시에 그가 자아실현
을 위하여 시베리아로 길을 떠날 수 있게 하는 원동력이다. 어머니의
사랑을 토대로 스네기로프는 어머니가 제공하는 안정된 공간을 떠날
수 있는 것이며, 모험이 존재하는 불안정한 외부세계로 향하는 것이다.

여기서 스네기로프의 길 떠나기는 정신적으로 모태를 벗어나는 홀로 서기의 첫 과정이다.

알료샤의 길 떠나기가 미성숙을 극복하는 성숙의 첫 과정이고, 스네기로프의 길 떠나기가 자아실현을 위한 통과의례라면, 「테디」의 주인공 테디의 길 떠나기는 잃어버린 본성을 되찾는 자아인식의 시작이라고 정의할 수 있다.

「테디」에서 테디는 두 번 길을 떠난다. 첫 번째 길 떠나기는 어린 시절 어미와의 이별에서, 두 번째 길 떠나기는 서커스단 조련사들과의 작별에서 비롯된다. 어미와 서커스단의 조련사는 모두 테디에게 먹이를 주고 외부의 위협으로부터 지켜주는 보호자로 기능한다는 공통점을 갖는다. 이것은 알료샤의 어머니의 기능과 유사하다.

테디가 언제 어떻게 어미와 헤어지게 되었는지는 작품 속에 밝혀지지 않는다. 다만, 테디의 의지와 상관이 없는 것이었음을 암시하고 있을 뿐이다. 테디의 의지와 무관하게 인간의 인위적인 힘의 개입으로 어미와 헤어지게 되었던 것이다. 오랜 서커스단 생활 끝에 고향인 북부의 숲으로 향하는 테디에게 어미가 갖는 의미는 다음과 같이 묘사된다.

Пожалуй, никто так не чувствует и не понимает, как дикие звери, что значит мать. Мать учит детеныша прятаться, драться, убегать, она обясняет ему, кто враг и кто друг. Она знает, где есть черника и муравьи, земляника, вкусные сочные коренья, мышиные норы, рыбы и лягушки; она знает, где есть свежая вода, глухие места, муравейники и солнечные поляны с мягкой высокой травой; ей ведомы тайны запахов и перекочевок. И еще она знает, что ни один зверь в лесу не доживает до глубокой старости, каждого постигает страшная беда, и нужно быть очень ловким, смелым и осторожным, чтобы как можно дольше сохранить себя и оставить после себя потомство.

Если бы рос Тэдди не в зоопарке, а потом в цирке, среди л юдей, если бы учителем жизни была для него медведица, свир епая ко всему, но бесконечно добрая к нему, маленькому медве жонку, —он сейчас был бы могучим зверем и знал все, что ну жно и возможно знать дикому зверю. (98-99)

그 누구도 야생동물만큼 제대로 어미의 의미를 느끼고 알 수 는 없을 것이다. 어미는 새끼에게 숨고 싸우고 도망치는 법을 가 르치고, 누가 적이고 누가 우리 편인지를 알려준다. 어미는 월귤 나무와 개미, 딸기, 단물이 많은 맛있는 뿌리, 쥐구멍, 물고기와 개구리 등이 어디에 있는지 안다. 어미 곰은 신선한 물, 개미총과 보드랍고 키 큰 나무가 늘어서 있는 햇발 가득한 평원과 같이 후 미진 장소도 알고 있다. 어미는 여러 가지 비밀스런 냄새를 구별 한다. 또한 어미는 숲의 그 어떤 짐승도 아주 늙을 때까지 살지 못하고 누구에게나 무서운 사건이 닥칠 수 있기에, 자신의 목숨 을 지키고 후손을 남기기 위해선 민첩하고, 용감하며 신중해야 한다는 것을 알고 있다.

테디가 만약 동물원과 서커스단의 사람들 틈이 아니라, 모두에 게 사납지만, 새끼 곰에겐 한없이 자상한 어미 곰 곁에서 자랄 수 있었다면, 지금쯤은 맹수가 되어 있을 것이고, 맹수가 알 수 있는 것과 알아야 할 모든 것을 알고 있을 것이다.

어미 곰은 테디를 끝없는 사랑으로 보살피며 숲 속에서 살아가는 법 을 가르치는 보호자이다. 그러나 테디는 어려서 어미의 곁을 떠나 인간 세상의 동물원과 서커스단에서 길들여진다. 테디의 두 번째 보호자는 조련사였다. 테디는 어미 곰에게 사냥을 배운 것이 아니라 흰 바지를 입은 사람(человек в белых панталонах), 즉 서커스단의 조련사에게서 도시의 삶을 익혔다. 테디에게 도시 생활은 인간에게 종속된 삶이다. 보호받는 대가로 테디는 자유를 박탈당한다.

도시에서 테디의 삶은 먹이와 안전은 보장받아 편안하나 매우 권태롭다. 이 단편은 테디를 소개하는 장면에서 시작되는데, 여기에서 알료샤와 스네기로프가 어머니에게 종속되어 있었던 것과 마찬가지로, 인간에게 종속된 테디의 삶을 확인할 수 있다.

> <u>Большого бурого медведя звали Тэдди.</u> У других зверей тоже были имена, но Тэдди никак не мог запомить их и постоянно путал и только свою кличку знал твердо, всегда откликался и шел, если звали, и делал то, что ему говорили.
>
> Жизнь его была однобразной. Работал он в цирке, работал так давно, что и счет потерял дням. Его по привычке держали в клетке. хоть он давно уже смирился и в клетке не было необходимости. Он стал равнодушен ко всему, ничем не интересовался и хотел только, чтобы его оставили в покое. Но он был старым опытным артистом, и в покое его не оставляли. (90) [밑줄 - 인용자]

> <u>커다란 밤색 곰을 테디라고들 불렀다.</u> 다른 짐승들도 이름이 있었는데, 테디는 도무지 외울 수가 없어서 항상 혼동했고, 자신의 이름만 확실히 알아서 부르기만 하면 대답하고 가서 시키는 대로 했다.
> 그의 생활은 단조로웠다. 그는 서커스단에서 이루 헤아릴 수 없을 만큼 긴 시간 동안 일했다. 테디는 이미 오래전부터 순순히 말을 잘 들어 우리에 가둘 필요가 없었는데도 사람들은 버릇처럼 테디를 우리에 가두어 두었다. 그는 주위의 모든 것에 무관심하였고 그 어느 것에도 재미를 붙이지 못했으며, 그를 그냥 놔둬주길 바랄 뿐이었다. 하지만, 그는 연륜이 깊은 곡예사여서 사람들이 그냥 놔두질 않았다.

서커스단에서 곰 테디의 삶은 수동적이고 종속적이다. '테디라고들 불렀다(звали Тэдди)'라는 그의 의지를 최소화하여 표현하는 첫 문장 역시 수동적인 테디의 삶과 무관하지 않다. 테디라는 이름도 인간들의 편의를 위한 것이고, 테디는 그들이 부르면 거기에 응답하고 또 시키는 대로 서커스 곡예를 보여주며 살아왔다. 그리하여 '커다란 밤색 곰'의 용맹과 위용을 찾아볼 수 없게 되었다. 테디는 오랫동안 인간의 손에 길들여지고 그들이 주는 음식에 기뻐한다. 초기엔 사람에게 반항도 했지만, 이제는 지금의 생활에 익숙해져 어미 곰과 고향에 관한 추억마저도 아련하다. 이런 테디를 사람들은 '늙고 온순한 테디(старый добрый Тэдди)'라고 불렀다. 인간의 경제적 이익을 위한 도구로서, 자연의 야성과 자유를 포기한 테디는 사람들의 사랑과 찬사를 받게 된 것이다.

'테디라고 불렀다', '늙고 온순한 테디'란 두 표현은 모두 인간 중심적 관점을 함축하고 있는 언급이다. 까자꼬프는 인간 중심적 사고를 벗어나 보다 보편적인 관점을 견지하고자 노력하였는데, 이 작품에서 테디의 자유는 이러한 인간 중심주의의 극복을 통해 얻어지게 된다.

이 작품의 첫 문장은 작품 전체의 주제를 밝히는 두 가지 중요한 정보를 대조적으로 전달하고 있다. '커다란 밤색 곰'이란 첫 정보는 자연의 왕으로서 위용을 갖춘 곰임을 보여주고, '테디라고들 불렀다'라는 두 번째 정보는 첫 정보와 대조적으로 곰이 인간 문화에 종속되어 있음을 알려주기 때문이다.

왜 이름이 테디인지 작품 내에서는 언급되지 않는다. 그러나 분명한 것은 이미 언급한 바와 같이, 동물원이나 서커스단에서 다른 동물들과 손쉽게 구별하기 위하여 사람들이 '테디'라고 부르기 시작했다는 점이다. 이름을 지어 부르는 것은 인간 문화의 고유한 특성이다. 나아가, '온순한(добрый)'이라는 테디에 관한 묘사는 테디가 더 이상 사람들에게 반항하지 않고, 서커스단 사람들의 말을 잘 따랐음을 의미하는 것이다. '온순한 테디'란 표현은 곰 테디가 자신의 본성을 표출하는 대신 인간 문화에 순응하고 있음을 단적으로 보여주는 것이다. 그러나 사람들의 사랑과 보살핌 속에서 테디의 삶이 행복하다는 증거는 어디에서도 발견되지 않는다. 테디는 자신의 삶에 무관심하고 권태를 느끼고 있다.

테디는 순회공연을 위한 기차여행 중 우연히 서커스단을 떠나게 된다. 우리가 열린 틈을 타 호기심 때문에 나왔다가 보호자인 조련사 곁을 완전히 떠나게 된 것이다.

테디는 보호자가 더 이상 곁에 없다는 불안과 새로운 자유에 대한 호기심을 동시에 느끼고 있다.

> И Тэдди со смешанным чувством страха и любопытства вош
> ел в лес. (93) [밑줄 – 인용자]

테디는 공포와 호기심을 동시에 느끼며 숲으로 들어갔다.

테디가 길을 떠나는 첫 단계는 이렇게 자신을 돌보아줄 사람을 떠났다는 두려움과 막연한 호기심으로 시작된다. 처음에 테디는 자신이 그렇게 길들여져 왔던 대로 숲에서도 자신을 돌보아줄 사람을 찾아 헤맨다. 덩치 큰 곰 테디는 숲이라는 새로운 환경에서 무능력했던 것이다.

서커스단의 보호자 조련사 곁을 떠난 테디는 어린 시절의 공간이었던 숲에서 새끼 곰 시절로 되돌려진다. 테디가 혼란을 느끼는 이유는 더 이상 먹이를 주고 돌보아줄 보호자가 존재하지 않는다는 데 있다. 어린 시절의 어미 곰도, 서커스단의 조련사도 없다. 테디의 심리적 퇴행과 혼란은 정신적 성숙을 위한 첫 단계로 통과의례와 같은 의미를 갖는다.

> В городе он был несомненно опытнее, умнее любого своего
> сородича, но что стоили все его знания в мире, куда он тепер
> ь попал! В лесу он превратился опять в беспомощного жалкого
> детеныша, ничего не знающего, боящего всего. Вся разница в
> том только, что он был теперь не крошечным медвежонком, а к

рупным медведем с желтыми клыками и вытертым клеткой задо
м и <u>что не было теперь с ним доброй и умной матери, которая
могла бы его змщитить и многому научить.</u> (99) [밑줄-인용자]

도시에서 테디는 그 어느 동물보다도 모든 일에 능숙하고 영
리하였건만, 지금 이 숲에서 무슨 소용이란 말인가! <u>숲에서 테디
는 또다시 아무것도 모르고 모든 것을 두려워하는 의지할 데 없
이 가련한 새끼 곰이 된 것이다.</u> 어린 시절과 다른 점은 테디가
이제 작은 새끼 곰이 아니라, 철창에 등이 닳고 엄니가 누런 덩
치 큰 곰이라는 것과 <u>테디를 보호하고 많은 것을 가르쳐줄 영리
하고 온화한 어미 곰이 더 이상 곁에 없다는 것이다.</u>

Странно, но этот большой зверь был совершенно беспомощн
ым теперь в лесу. За долгие годы он отвык от леса, все перез
абыл из того немного, что успел узнать в детстве. Все инстин
кты, которыми его наделила природа, уснули, и он терялся от
самых незначительных причин, требующих какого-нибудь дейс
твия. Ему все время очень хотелось есть, желудок, привыкший
к обильной, сытой пище, был теперь пуст и страдал. Но служи
теля, который ежедневно кормил его в цирке, здесь не было,
приходилось самому искать еду, а он не знал, как это делаетс
я, не знал, что можно есть. (98)

이상하게도 이 커다란 동물은 이젠 숲에서 의지할 데라곤 전혀
없었다. 오랫동안 숲을 떠나 살았고, 그나마 어린 시절 알던 것조
차 모두 잊어버렸다. 타고난 본능도 모두 잠들어 버렸고, 뭔가를
해야 한다는 소소한 이유 때문에, 테디는 어찌할 바를 몰랐다. 그
는 계속 배가 고팠으며, 풍성한 음식에 길들여진 위는 지금 텅 비
어 고통스러웠다. 하지만 서커스단에서 매일 그에게 먹이를 주던
조련사가 여기에는 없었다. 테디는 직접 먹이를 찾아 나서야 한다.
하지만 테디는 어떻게 먹이를 찾는지 뭘 먹을 수 있는지 몰랐다.

테디는 인간 세상에 적응하는 과정에서 동물적 본능과 자연 속에서 삶을 영위하는 능력을 모두 상실했다. 자신의 본성을 잃어버린 테디가 북부의 고향으로 향하는 길은 바로 내재된 자아를 찾는 여행이다. 고향의 숲에 들어서며 테디는 어린 시절의 공포를 다시 느끼고 어미와 서커스단의 조련사를 그리워한다. 굶주림과 두려움으로 사람을 찾아 나서기도 한다. 이와 같은 테디의 심리적 혼란은 북부로 걸어가는 도정에서 점차 정리된다.

어미와 조련사 등 모든 보호자를 떠난 테디는 마침내 홀로 독립하는 새로운 삶의 단계로 들어서게 된다. 테디는 두 보호자로부터 두 번의 길 떠나기를 경험하게 된다. 테디가 경험하는 자아 성숙의 첫 단계는 이와 같이 모성으로부터의 독립, 즉 보호자로부터의 홀로서기를 통하여 이루어진다. 테디의 북부 숲으로의 길 떠나기는 자아를 찾는 여행으로 자아 성숙의 시작을 의미하는 것이다.

「파랑과 초록」에서 알료샤의 길 떠나기가 미성숙성의 극복이고, 「길을 가다가」에서 스네기로프의 길 떠나기가 자아실현을 위한 통과의례였다면, 「테디」에서 곰 테디의 길 떠나기는 종속성을 탈피하여 본성을 회복하는 과정이라고 정의되는 것이다.

2. 자유의 획득

길 떠나기는 보호자로부터 독립하는 과정이다. 까자꼬프의 등장인물들은 이러한 통과의례를 거치며 비로소 자유를 느낄 수 있게 되는 것이다. 보호는 곧 종속성과 연결되는 까닭에, 이들의 길 떠나기는 종속성을 벗어나는 자유를 의미하게 된다. 길 떠나기를 통하여 알료샤는 미성숙을 극복하고, 스네기로프는 보호에서 벗어나 자아실현을 위한 첫 과정을 시작하는 것이며, 곰 테디는 종속성을 극복하는 것이다.

알료샤는 북부의 자연 속에서 아무것도 하지 않으며 시간을 보내다가 자아의 참모습에 접근하게 되고, 여행 후 모스크바로 돌아와서는 보다 성숙한 모습을 보여준다. 한 달간 북부 여행 후 릴랴에 관한 알료샤의 생각은 분명해지고 구체화된다. 알료샤는 길을 떠남으로써 어머니로부터 정신적으로 독립하는 성숙의 첫 과정을 시작하였던 것이다.

단편 「파랑과 초록」의 주요 무대 즉 공간적 배경은 외적 사건이 발생하는 도시 공간인 모스크바이다. 그러나 작품 주제 구성의 핵심이 되는 소년의 첫사랑을 통한 성장이란 관점에서 보면 러시아 북부라는 자연 공간에 더욱 커다란 의미가 부여되어 있음을 알 수 있다. 바로 북부라는 상징적인 자연 공간이 전경화되면서 소년의 성숙의 과정에 초점이 맞춰지는 것이다.

길을 떠남으로써 어머니로부터 정신적으로 독립하는 성숙의 첫 과정을 시작하는 알료샤는 자신의 청소년기를 마무리하며 다음과 같은 결론을 내리고 있다.

> Ничто не вечно в этом мире, даже горе. А жизнь не останавливается. Нет, никогда не останавливается жизнь, властно входит в твою душу, и все твои печали развеиваются, как дым, маленькие человеческие печали, совсем маленькие по сравнению с жизнью. Так прекрасно устроен мир. (65) [밑줄-인용자]

> 이 세상에 영원한 것은 없다, 고통조차도. 삶은 결코 멈추지 않는다. 절대 삶은 멈추지 않으며 힘차게 그대의 영혼으로 들어오고, 그대의 슬픔은 모두 연기처럼 사라져버린다. 삶과 견주어보면 너무나 하찮은 인간의 슬픔들은 그렇게 사라져 간다. 세상은

그토록 멋지게 만들어져 있는 것이다.

알료샤는 첫사랑의 경험을 통해 나름대로 삶의 이치를 깨닫게 되는 것이다. 그는 자신이 느끼던 세상과 삶이 더욱 큰 변화와 흐름 속의 일부이고, 자신도 끊임없이 변화하는 존재라고 인식하게 된다. 알료샤는 실연의 고통을 받아들인다. 성인이 된 알료샤는 더욱 아름답고 총명한 여성들을 만나고 릴랴에 대해선 잊었다고 말한다. 그러나 알료샤는 아직도 릴랴 꿈을 꾸면서 고통스러워한다. 시간이 흐르면서 릴랴를 잊었다는 화자의 서술은 작품의 말미에서 다시 역전된다.

Ах, господь, как я не хочу снов! (66) [밑줄 – 인용자]

오, 맙소사, 난 정말 꿈이 싫다!

알료샤는 첫사랑 릴랴를 잊은 것이 아니다. 그는 어른이 되어서도 첫사랑의 추억으로 고통을 느끼고 있다. 하지만 알료샤는 성숙의 단계를 통하여 고통을 포함한 삶의 여러 측면을 받아들일 수 있게 된 것이다. 알료샤는 길을 떠나고 자신의 인생의 길을 걸으며 고통을 극복한 것이 아니라, 삶을 있는 그대로 받아들이고 음미함으로써 여유를 되찾고 자유12)를 느끼게 되는 것이다.

알료샤가 느끼는 자유를 삶을 수용할 수 있는 평온한 상태라고 성의

---

12) 엘리자베스 클레망 外 3名, 이정우 譯, 『철학사전』(서울: 동녘, 2000), pp.252-253. 자유롭다는 것은 우선 자신이 원하는 것을 할 수 있고, 생각하는 것을 말할 수 있는 것을 의미한다. 즉, 제약받지 않는다는 의미한다. 그래서 흔히 자유를 모든 제약으로부터의 해방으로 이해한다. 이 점에서 오늘날의 자유 개념은 이 말의 기원과 연관된다. <……> 현자(賢者)는 자신의 힘 바깥에 있는 모든 것으로부터 벗어나는 데 성공함으로써 오직 스스로에게만 의존하며 고통도 제약도 알지 못한다. 그래서 자유는 열정을 극복하고 자연을 이해함으로써 평온에 이른 인간의 이상적인 상태로 이해된다. 물론 이 같은 해방은 비범한 영혼의 힘을 요구한다. [밑줄 – 인용자]

한다면, 스네기로프의 자유는 자아실현을 위한 독립의 자유이고, 테디가 획득하는 자유는 본성 회귀로 규정된다.

　알료샤가 삶의 섭리를 수용함으로써, 자유를 느낀다면, 스네기로프는 자아실현을 위한 자유를 획득한다. 「길을 가다가」에서 스네기로프가 시베리아로 떠난 후의 구체적 행로는 작품 내에서 밝혀지지 않는다. 하지만, 두 번째 시베리아 생활이 첫 번째 시베리아 생활 적응 실패를 바탕으로 선택된 것이기에 스네기로프의 인생에 새로운 이정표가 될 가능성은 충분하다. 스네기로프가 첫 번째 시베리아 여행에서 돌아왔던 것은 어머니의 보호에 대한 강한 그리움 때문이었으나, 두 번째 결심은 자아실현과 어머니의 보호를 충분히 비교하고 내린 결정이기에 신뢰할 수 있기 때문이다.

　「길을 가다가」에서 운전기사 스네기로프가 떠나는 집은 곧 어머니라는 이미지가 매우 강렬하게 제시되는데, 길 떠나기가 어머니 곧, 모성으로부터의 독립이며, 비로소 자아 성숙의 시작임을 강조하는 것이다. 스네기로프는 길 떠나기를 통하여 어머니의 안정된 보호 공간인 집을 벗어나는 대가로 홀로 서는 자유를 성취한다.

　테디는 인간 세상에서 자신의 동물적 본능과 자연 속에서 살아가는 능력을 모두 잃어버렸다. 자신의 본성을 잃어버린 테디가 북부의 고향으로 향하는 길은 '길 떠나기'에서 언급한 바와 같이, 바로 그의 숨겨진 자아를 찾는 여행이었다. 자아를 찾는 여행의 출발은 어머니와 서커스단 조련사로부터의 독립이다. 보호자의 보호를 받을 수 없다는 초기의 심리적 불안은 점점 깊은 숲으로 들어가서 숲의 삶에 적응하고 자신의 본능을 조금씩 재발견하면서 점차 정리된다. 숲의 질서에 익숙해지면서 테디는 자신이 오랫동안 잊고 살았던 내재된 본성을 표출하기 시작한다.

Жизнь кипела в лесу, не омраченная пришествием человека. Правда, и здесь шла вечная борьба, здесь царил закон клыка и когтя, и как много костей и перьев догнивало по укромным местам этого прекрасного края! Но опасная борьба здесь не была вовсе безнадежной, как с человеком. (97)

사람의 발길이 닿지 않은 숲은 활기가 넘쳤다. 물론, 이곳에도 싸움이 끊이지 않으며, 약육강식의 법칙이 지배하고, 또 이 멋진 숲의 후미진 곳마다 수많은 뼈와 깃털이 썩어가고 있다! 그러나 이곳의 싸움이 아무리 위험하다 해도 인간과의 싸움만큼 처절하지는 않다.

테디는 숲의 새로운 법칙을 받아들이며 자신이 오랫동안 잊고 산 것을 조금씩 기억해 낸다. 테디는 어린 시절의 기억을 더듬어 고향인 북부(север)로 계속 여행하여 마침내 목적지에 도착한다. 자신이 숲의 권력자임을 깨닫고 개미와 딸기, 물고기의 맛을 느끼며 테디는 진정한 야생동물(настоящий дикий зверь)로 회귀한다. 테디는 시각·청각·후각이 더욱 예민해지고, 힘이 세어진다. 테디의 변화는 내재된 본성으로의 회귀를 의미한다. 자연은 테디가 숲의 생활에 적응하는 동안 인간의 손에 길들여진 이 커다란 갈색 곰의 잠자는 본성과 야성을 조용히 일깨우고 있었던 것이다. 테디는 어린 시절의 고향인 숲으로 돌아와 이전에는 결코 알 수 없었던 자유와 힘을 느낀다. 다음은 테디가 느끼는 자유에 대한 찬가이다.

Великакя вещь свобода! Она похожа на солнце, на огромное звездное небо: она похожа на теплый ровный ветер или на быстро бегущую звонкую воду.

Не нужно никого бояться, не нужно делать того, что не хочется делать!

Можно встать, когда хочешь, и идти, куда захочешь!

Можно остановиться и долго провожать глазами пролетающи
й над рекой караван гусей: можно подняться на холм, окрытый
всем ветрам: там слышны все запахи—выбери для себя любой
из них, иди туда, куда он зовет тебя!

Можно забраться в чащу, где так много сухие деревьев, дуп
листых и изъеденных червем, и, наслаждаясь своей могучей св
ободной силой, валить эти деревья—сухие, мертвые, они будут
падать с таким жалким треском! (111)

자유는 정말 위대하다! 자유는 태양과 같고, 별이 반짝이는 거
대한 하늘과 같다. 자유는 따뜻하며 고른 바람 같기도 하고, 우렁
차고 세차게 내달리는 물 같기도 하다.

그 누구도 두려워할 필요가 없으며, 하기 싫은 일은 하지 않아
도 된다!

일어나고 싶을 때 일어나고, 가고 싶은 곳에 마음대로 갈 수
있다!

가던 길 멈추어 서서 강물 위를 나는 기러기 떼를 오랫동안 바라
보며 배웅해도 좋다. 바람이 잘 통하는 언덕으로 올라가도 좋다. 그
곳에는 모든 냄새가 들려온다—어떤 냄새든 좋은 것을 골라 너를 부
르는 그곳으로 가면 되는 것이다!

벌레 먹어 속이 텅 빈 고목이 우거진 깊은 숲 속으로 들어가도
좋을 것이다. 강렬한 자유를 만끽하면서 이미 죽어 말라버린 나무
들을 쓰러뜨리면, 나무들은 가련한 소리를 내며 쓰러질 것이다!

테디가 새로이 느끼는 자유의 기쁨과 행복은 까자꼬프 고유의 서정
성 속에서 표현된다. 까자꼬프의 모든 감각기관을 통한 묘사 역시 자유
의 특별한 의미를 전달한다. 후각이 발달한 테디에게 '모든 냄새가 들
려온다(слышны все запахи)'는 표현을 사용하여 테디의 감각 발달을
공감각적으로 표현하여 강조함과 동시에 작가 자신의 시적 자유마저

노출시킨다.

바로 이 장면에서 테디는 자신의 가치와 자유를 인식함으로써 자기 완성에 이른다.[13] 야성의 곰 테디는 고향으로 돌아와 자유를 찾음으로써, 자신의 참모습을 찾은 것이다. 테디는 고향을 찾아 기나긴 시간 동안 북부로의 여행을 하며 자신의 내면에 감추어져 있던 본능의 목소리를 발견한다. 고향을 향한 길 떠나기를 통해 테디는 자연과 교감하고 나아가 자신이 자연의 온전한 일부임을 깨닫게 된다.

테디가 되찾은 자유는 자아 성숙의 산물에 다름 아니다. 인간 세상을 떠나 고향 숲에 돌아온 야성의 곰 테디는 깊은 겨울잠에 들면서 자연의 섭리에 순응한다. 그리하여 테디는 완전한 자유의 곰이 되고, 마침내 자연의 일부가 되는 것이다.

> Он не проснулся ни на другой день, ни на третий······ Снег все сыпал, и с каждым днем пушистей становились кусты, непролазней тропы, белее сосны и ели, и только березы оставались голые, и на них подолгу засиживались вечерами тетерева. Ударили лютые морозы, и пошла гулять по лесам настоящая русская зима!
> А сон Тэдди становился все глубже, дыхание было все реже, пар уже не клубился над ямой, и скоро заваленную снегом берлогу можно было угадать только случайно, по небольшой отдушине—жерлу и желтоватому инею на сучьях. (116)

그는 다음 날도, 그 다음 날도 깨지 않았다······ 눈이 계속 내려 날이 갈수록 관목은 눈으로 뒤덮였으며, 산길은 지나다닐 수 없게 되고 소나무와 전나무는 눈으로 더욱 희어지고 잎이 없는 자작나무 가지에만 눈이 쌓이지 않아 앙상하다. 그래서 자작나무 가지에는 밤마다 꿩들이 한참씩 앉아 있곤 하였다. 매서운 한파

---

13) Roman Gershkovich, Op. cit., pp.87−88.

가 강타했고, 진짜 러시아의 겨울이 모든 숲을 돌아다녔다!

테디의 잠은 점점 더 깊어지고 호흡은 잠잠해졌으며 동굴 위로 더 이상 입김이 피어오르지도 않았다. 동굴은 이내 눈에 파묻혀 버려, 어쩌다 밖으로 통하는 작은 구멍과 커다란 나뭇가지에 누르스름한 고드름을 봐야만 곰의 굴이란 걸 짐작할 수 있었다.

고향에서 겨울잠은 테디의 종속적 삶을 보여주던 첫 장면과 커다란 대조를 보여준다. 이제 테디는 자연의 일부로서 자신의 본성에 충실한 자유를 만끽하고 있다. 첫 장면과 마지막 장면 사이의 긴 여정은 테디가 정신적으로 모태의 보호를 벗어나는 자아 성숙의 과정으로 간주된다. 테디는 자연과 조화를 이루며 겨울잠을 잔다. 테디가 겨울잠을 자는 동굴조차 숲과 구별되지 않는다. 이것은 테디와 숲, 즉, 자연과의 경계가 사라지고 테디가 자연의 일부가 됨으로써 진정한 자유를 누리는 것을 상징하는 것이다. 까자꼬프가 '개나 모든 동물에 관한 나의 모든 작품에는 창작의 자유를 향한 인간의 길이 담겨 있다.(во всех безч еловечных писаниях о собаках и всяких зверях человеческий путь к творческой свободе.)[14]'라고 자신의 창작의 자유에 관한 열정을 밝히고 있듯이, 작가의 자유에 대한 열망이 테디라는 또 다른 자아를 통하여 매우 강하게 표출되고 있는 것이다.

까자꼬프가 제시하는 길 떠나기는 모성의 보호를 벗어나는 것으로 자아 성숙을 위한 첫 단계이다. 알료샤가 경험하는 미성숙의 극복, 테디의 본성으로의 회귀, 그리고 스네기로프의 자아실현은 정신적으로 모태를 벗어나는 길 떠나기라는 통과의례를 통하여 얻어진 자유의 산물인 것이다.

알료샤와 스네기로프, 그리고 곰 테디는 모두 자연과 교감하며 자유

---

14) M. M. Prishvin, O tvorcheskom povedenii (Moscow, 1969), p.44. / Roman Gershkovich, "Iurii Kazakov(1927−1982)······"(Cornell university, 1992), p.100에서 재인용.

를 얻는다. 즉, 까자꼬프는 길 떠나기를 통하여 등장인물들을 자연으로 이끌고 자유를 느낄 수 있게 장치한다. 길 떠나기를 통하여 자아 성숙의 과정이 시작되었다면, 까자꼬프의 등장인물들은 길을 가면서 자신의 내면과 삶을 성찰할 기회를 갖는다.

IV
길과 사람

까자꼬프가 '삶'으로 제시하는 것은 구체적인 삶의 제 문제들이다. 모든 인간이 갖는 구체적 삶의 문제들, 특히 정신적 문제들이 인간관계를 통하여 표출되고 심화된다. 까자꼬프는 길이라는 장치를 설정하고, 그 위에서 펼쳐지는 다양한 인간관계를 통하여, 인간관계의 근원적 문제를 제기하고 또 해결책을 탐구한다.

길 떠나기가 모태를 벗어나는 자아 성숙을 위한 통과의례였다면, 길에서의 다양한 경험은 자아성찰의 토대가 된다. 까자꼬프의 등장인물들은 길을 가며 다양한 체험을 통해 자신의 삶과 내면을 되돌아보고 자아성찰을 경험하며 내면의 변화를 겪는다. 까자꼬프는 인간 존재의 의미가 인생행로에서 만나고 헤어지는 사람들과의 관계 속에서 드러나고 규정될 수 있다고 보았다. 이와 같은 작가의 세계관은 길을 가는 등장인물이 주변 인물과 맺는 관계를 통해 궁극적으로 자신의 삶과 내면을 성찰할 수 있도록 하는 과정에서 표출된다.

엘라긴이 'Дорогой пахнет! Странствиями, встречами……(길 냄새야! 여행과 만남의 냄새……)'라고 언급했듯이 길은 곧 여행과 여행 중에 이루어지는 낯선 이들과의 만남과 동일하게 취급된다. 앞서 고찰하였던 「북방일기」에 나오는 길의 찬가에서도 '왜 길에서의 만남이 그토록 소중한 것일까?……이별은 그 얼마나 순간적이고 슬프고도 달콤한가?'라고 표현한 것과 같이 까자꼬프는 길에서의 만남과 이별을 중요시하였다.

길은 서로 다른 두 공간을 소통시키며 그 길에 존재하는 인물들에게 다양한 경험의 기회를 제공한다. 까자꼬프의 길도 역시 집약적 경험을 위한 수단(a means of intensification of experience)으로 기능한다.[1] 까자꼬프의 등장인물들은 길에서 낯선 사람과 우연히 만나기도 하는데, 그 만남은 길이라는 공간의 특성상 이별을 동반한다. 이러한 길에서의 경험은 등장인물에게 자신의 삶을 깊이 성찰할 수 있는 기회를 제공하는데 특히, 작가는 인간의 정신적 병폐라 여겼던 소외와 고독, 무관심과 권태의 문제를 제기하고 그 해결책을 모색한다.

1. 소외와 고독

1961년에 발표된 단편 「저기 개가 달려가네요!」는 젊은 남녀의 우연한 만남과 이별을 보여준다. 독특한 제목과 내용으로 이루어진 이 단편에서 남자 주인공 끄리모프(Крымов)는 제목인 「저기 개가 달려가네요!」란 말을 반복한다. 이것은 작품 내에서 까자꼬프 특유의 음악적 요소로 작용하면서 독자에게 끄리모프의 소외된 모습을 확인시키고 또 강조해 주고 있다.

모스크바의 젊은이 끄리모프는 도시의 직장과 소음, 그리고 번잡함에 지쳐 사흘간의 휴가를 떠난다. 끄리모프는 아무도 없는 조용한 곳에서 혼자만의 시간을 보내고 싶었던 것이다. 그래서 그는 오래전부터 꿈꾸었던 혼자만의 낚시 여행을 떠나는 것이다. 끄리모프는 한껏 기대에 부풀어 시외버스를 타고 모스크바에서 오백 킬로미터 떨어진 거리에 위치한 자신만의 낚시터로 향하고 있었다.

Не спали только Крымов и его соседка.

---

1) Roman Gershkovich, Op. cit., p.217.

Московский механик Крымов не спал потому, что давно не
выезжал из Москвы и теперь <u>был счастлив</u>. А <u>счастлив</u> он был
оттого, что ехал на три дня ловить рыбу в свое, особое, тайно
е место, оттого, что внизу, в багажнике, среди многих чужих
чемоданов и сумок, в крепком яблочном запахе, в совершенной
темноте лежали его рюкзаки и спиннинг, оттого, наконец, что на
рассвете он должен был выйти на повороте шоссе и пойти мокры
м лугом к реке, где ждало его недолгое горячечное <u>счастье</u> рыбак
а. (207-208) [밑줄-인용자]

끄리모프와 옆 자리의 여인만이 잠을 자지 않고 있었다.
모스크바 출신의 엔지니어인 끄리모프는 오랫동안 모스크바를 떠나
보지 못했기에 지금은 <u>행복에 겨워</u> 잠을 이룰 수가 없다. 자신만의
특별한 비밀 장소에서 사흘간 낚시하러 가고 있고, 의자 아래의 사과
내음이 물씬 풍기고 칠흑 같은 어둠 속에서 짐칸의 수많은 낯선 가방
과 보따리 틈에 그의 배낭과 물고기 모양의 미끼가 있기에, 또한 동틀
무렵이면 드디어 길모퉁이에서 내려 촉촉한 풀밭을 지나 고기잡이의
짧은 시간의 짜릿한 <u>행복이</u> 기다리는 강가로 가게 될 것이기에 그는
<u>행복</u>하였다.

끄리모프의 이름이 명시된 것과는 달리, 옆 자리의 여성은 그를 기
준으로 '옆 좌석의 여인(cоседка)'이라 불린다. 또한 끄리모프의 직업과
근황, 여행의 목적, 나아가 현재의 심리 상태 등은 구체적으로 밝혀지
고 있으나, 옆 자리 여인에 대한 정보는 없다. 이러한 불균형한 묘사는
끄리모프의 현재의 정신적 상태를 반영한 것으로 인간의 소외라는 작
품 전체 해석과 긴밀하게 연결된다. 끄리모프는 타인과의 관계를 상실
하게 만드는 무의식적 과정 속에서 스스로 소외된다.[2]
끄리모프가 잠들지 못하는 이유는 정확하게 설명되는 것에 비해, 여

---

2) 엘리자베스 클레망 外 3名, Op. cit. p.164.

인이 잠 못 이루는 까닭은 설명되지 않는다. 화자는 끄리모프의 시각으로 작품을 서술하고 있는데, 이는 이후 끄리모프가 겪게 되는 내적 변화, 즉 자아성찰의 과정을 효과적으로 전달하는 역할을 한다.

상기 인용문에서 끄리모프의 심리적 상태를 설명하는 가장 핵심적인 단어는 바로 '행복'이다. 까자꼬프의 전 작품을 통틀어 이렇게 여러 번 행복이란 표현이 반복되는 예가 없다. 까자꼬프는 인간의 행복이란 주제를 끊임없이 제기하고 있으나, 예술적 효과를 높이기 위하여 '행복'이라는 직접적 표현을 절제하였다. 이 대목에서 까자꼬프가 끄리모프의 행복을 강조하는 것은 역설적으로 그가 참된 행복으로부터 소외되었음을 강조하기 위한 문학적 장치이다.

작품의 서술이 끄리모프를 중심으로 치우친 것은 끄리모프가 자신의 행복에 몰두한 나머지 개인주의로 치닫고 있으며, 개인주의는 다시 그를 소외시킨다는 작품의 주제와 긴밀히 연결되는 장치이다. 심야 시외버스에서 끄리모프와 우연히 동행하게 된 젊은 여인은 끄리모프와 대화를 나누고 싶어 한다. 그녀는 잠을 이루지 못하고, 그에게 담배를 요청하기도 하고 질문을 던지기도 한다. 그녀는 조심스럽게 때로는 대담하게 끄리모프에게 관심을 보인다. 그러나 사흘간의 여행이란 자신의 '행복'에 도취된 끄리모프는 그녀의 고민이나 감정에 관심이 없다.

> ≪Интересно, куда она едет? –думал иногда Крымов о соседке. –И замужем ли? И почему стала курить: так просто или от горя?≫
>
> Но тут же забывал о ней, поглощенный дорогой, ожиданием рассвета, мыслями о трех днях, которые он проживает у реки. Он думал, не начала ли течь палатка, и что это плохо в случае дождя, и не задержится ли автобус по какой-нибудь причине в дороге, а утренний клев между тем пройдет······ (210) [밑줄-인용자]

'그녀는 어디에 가는 걸까?' 이따금 끄리모프는 옆의 여인에 관해 생각했다. '결혼은 했을까? 그리고 담배는 왜 피우는 거지? 그냥 피우는 걸까 아니면 슬퍼서일까?'

하지만 여행의 설렘으로 새벽을 기다리며 강가에서 보내게 될 사흘을 생각하다 보면, 그녀 생각은 어느새 끊기고 만다. 텐트가 새지나 않을지, 비가 오면 안 될 텐데, 혹 무슨 일이라도 생겨 버스가 도중에 지연되지는 않을는지, 그러면 아침 낚시는 물 건너 간다는 생각이 꼬리에 꼬리를 물며 이어졌다……

이 작품의 화자는 끄리모프의 의식을 통하여 이야기를 진행시키는데, 동행하는 여인은 '동행인' 또는 '이웃집 여자'를 의미하는 'соседка'라 불리다가 작품 말미에서는 '아가씨(девушка)'로 지칭된다. 그녀를 지칭하는 두 표현은 모두 특별한 관계가 없는 일반적인 불특정 여성을 가리킬 수 있다. 이름조차 부여되지 않은 그녀를 지칭하는 언어는 바로 끄리모프와의 만남에서 그녀가 차지하는 비중을 분명하게 드러내고 있다.

그녀는 이름이 없을 뿐 아니라, 그녀의 행선지, 여행 목적, 그리고 현재 그녀가 괴로운 이유 등이 밝혀지지 않는다. 짤막한 말과 몸짓을 통해 그녀의 내적 상태가 조금씩 암시되고 있을 뿐이다. 끄리모프가 우연히 만나는 그녀의 형상은 매우 낭만적이다.[3]

두 인물의 불균형한 묘사와 설정은 이미 이들 관계가 발전할 가능성이 적음을 암시하며, 동시에 끄리모프의 폐쇄된 마음을 보여준다. 끄리모프는 자신의 생각에 몰두한 나머지 주변에 관심을 가질 여유가 없는 것이다.

끄리모프와 그녀의 관계를 단절시키는 요인은 다름 아닌 그의 '사흘간의 행복'이다. 끄리모프는 도시 생활의 피곤한 일상에서 벗어나 쉬고 싶을 뿐이다. 사흘간의 자연 속의 휴식이야말로 지금 이 순간 그 무엇

---

3) Н. А. Чекулина, "Нравственные проблемы……," с. 71.

과도 바꿀 수 없는 행복이라고 느끼고 있다. 그가 사흘간의 행복에 대해 반복하여 생각하고 말할수록 그와 그녀와의 관계 단절뿐 아니라, 자신 이외에 모든 외부세계와의 단절, 즉, 그 자신의 소외와 고립이 강조된다. 앞서 밝힌 바와 같이, 이 작품에서는 끄리모프의 행복에 관한 표현과 함께 제목 '저기 개가 달려가네요!'란 말이 반복된다. 반복은 리듬감4)을 부여하고 까자꼬프 고유의 음악적 분위기를 창출하고 동시에 이 작품의 현대 도시인의 소외와 고독이라는 주제를 밝혀주고 있는 것이다.

끄리모프는 버스에서 내려 그녀와 이별한다. 그녀는 끄리모프를 따라 버스에서 내려 함께 담배를 피우며 짧은 대화로 작별한다.

> Тогда она затянулась несколько раз, морщась, задыхаясь, бросила сигарету и прикусила губу.
>
> Как раз в эту минуту из придорожных кустов показалась собака и побежала по шоссе, наискось пересекая его. Она была мокра от росы, шерсть на брюхе и на лапах у нее курчавилась, а капли росы на морде и усах бруснично блестели от заалевше

---

4) Юрий Казаков, "Для чего литература и для чего я сам?", *Вопросы литературы*, н. 2. 1979, 까자꼬프는 《문학신문》과의 인터뷰에서 작품구상을 묻는 질문에 다음과 같이 대답한다.
"Рассказ 「Вот бежит собака!」 начался с названия. Давным-давно, стоя у окна со своим знакомым, я услышал простую его фразу: 'Вот бежит собака!'. Был в ней какой-то ритм, застрявший во мне и лишь через некоторое время всплывший и вытянувший за собой замысел. И еще: ехал я на автобусе в Псков, ехал всю ночь, очень мучился, не спал, ноги нельзя было вытянуть. Ну, а потом муки позабывались, а сейчас счастье ночной дороги осталось."
"단편 「저기 개가 달려가네요!」는 제목에서 시작되었다. 아주 오래전 아는 사람과 창가에 서 있다. 그의 아주 단순한 '저기 개가 달려가네요!'란 말을 듣게 되었다. 그 속엔 어떤 리듬이 있었는데, 내 안에 머물다 어느 정도의 시간이 흐른 후 드러나 작품 구상으로 이어졌다. 그리고 버스를 타고 프스코프에 갔었는데, 밤새 잠도 못 자고 다리도 제대로 뻗지 못해 무척 고생을 하였다. 하지만 고생했던 기억은 사라지고, 지금은 밤길의 행복한 느낌만이 남아 있다."

го уже востока.

　　—Вон бежит собака!—сказал Крымов, машинально, не думая ни о чем. —Вон бежит собака!—медленно, с удовольствием повторил он, как повторяют иногда бессмысленно запомнившуюся стихотворную с трочку.

　　Собака бежала деловито, целеустремленно, не глядя по сторо нам, и стояла такая тишина, что слышно было, как по асфальту клацали ее когти. (213)

　　이때 그녀는 얼굴을 찌푸리고 거칠게 숨을 쉬며 담배를 몇 모금 더 빨더니, 담배를 버리고 입술을 깨물었다.

　　때마침 길가의 관목 숲에서 개 한 마리가 뛰어나와 도로를 비스듬히 가로지르며 달려갔다. 개는 이슬에 젖어 가슴과 다리의 털이 굽슬굽슬했고, 주둥이와 귀에 맺힌 이슬은 어느새 붉게 물든 동쪽의 빛을 받아 반짝였다.

　　"저기 개가 달려가네요!" 무심결에 끄리모프는 툭 내뱉었다.

　　"저기 개가 달려가네요!" 불현듯 떠오른 시 한 소절을 생각 없이 되뇌듯, 그는 천천히 만족스럽게 반복했다.

　　개는 주위를 쳐다보지도 않으며 민첩하게 앞으로 달려갔고, 개 발톱에 아스팔트길이 긁히는 소리가 들려올 정도로 사방은 고요했다.

　그녀는 자신에게 관심도 없는 끄리모프를 보내며 마지막 안타까운 모습을 보여준다. 그녀는 이 순간 끄리모프를 향한 작은 희망을 갖고 그의 관심을 기대하나 끄리모프는 무관심으로 일관한다. 그녀의 고통스러워하는 모습을 끄리모프는 '저기 개가 달려가네요!'라고 말하며 외면한다. 때마침(Как раз в эту минуту)이란 화자의 표현에는 결정적 순간을 회피하려는 끄리모프의 이러한 무의식이 담겨 있다. 체꿀리나는 끄리모프가 할 말을 찾기 어려울 때나, 혹은 결정을 내려야 하는 순간에 '저기 개가 달려가네요!'란 말 뒤에 숨어버리고 있으며, 반복되는 이 말은 그의 기쁨, 즉 휴가 이외의 모든 것과 단절을 의미하는 것으로 간주하였다.5) 또한 끄리모프가 반복하는 '사흘간'이란 말과 생각은 시간에 대한 현대인의 강박관념과 소외를 보여주는데, 그것은 그가 시간에 쫓기고 시간이 부족하다는 생각 때문에 주위 사람들에게 관심을 가질 여유가 없다고 느끼면서 동시에 외부세계와 단절되어 있기 때문이다.6)

이 순간 등장하는 개의 형상은 끄리모프의 현재 심리 상태를 상징적으로 대변한다. 개는 주위를 둘러보지 않고 자신의 목적지를 향하여 달리고 있다. 조용히 울려 퍼지는 발톱 소리는 그의 무관심으로 빚어지는 주변 인물의 내적 고통을 보여주는 것이다. 자신의 행복에 대한 몰입이 상대방에 관한 무관심이 되고, 그 결과 자신은 주변 세계로부터 단절되고 소외된다. 까자꼬프 작중인물의 폐쇄성(замкнутость героев)은 종종 개인주의로 치닫는다.7)

이때 끄리모프는 강가에서 사흘간의 휴식을 취한 뒤 평온한 마음으로 그녀와 작별했던 장소에서 모스크바행 버스를 기다린다. 끄리모프는 현대 도시 생활에 지친 자신이 우연히 만난 타인에 대해 무관심했었다는 사실을 깨닫고 괴로워하게 된다.8) 자연과의 교감 뒤 비로소 그는

---

5) H. A. Черкулина, "Проблема героя……," с. 71.

6) A. 멘딜로우, 최상규 譯, 『시간과 소설』(서울: 예림 기획 문예과학 총서(9), 1998), pp.16-21.
흔히 '20세기의 시간 강박관념'이라고 불리는 개념은, 가속화되는 생활 속도, 현대 생활의 모든 형식이 일시적이라고 하는 널리 보급된 의식, 그리고 특히 급격한 사회경제적 변화의 속도 등에 의해 조건지어진다고 보아서 틀리지 않을 것이다…… 현대 생활의 주조(主調)는 속도이고, 속도란 시간에 대한 거리의 관계이다. 속도(speed)란 말이 성공(success)의 뜻을 가진다는 것은 의미 깊은 일이다. 오늘날 서구 문명사회에서는 어떤 공간 속의 지점이나, 우리 앞에 설정한 어떤 목표를 향한 운동률의 증가를 척도로 성공을 잰다. 성취는 목적을 달성한 시간의 길이에 의해 평가된다. 시간은 돈이기 때문이다.

7) З. A. Апухтина, "Современная советская проза(60-ое-начало 70-ых годов),"(Москва: Высшая школа, 1977), с. 148.

8) И.С.Кузьмичев, (Ленинград, 1986), с. 215-217.

자신과 주위를 살펴볼 수 있는 여유를 갖게 된다. 그래서 단편의 마지막 장면에서 끄리모프가 자신과 우연히 만났던 여인과의 관계를 뒤돌아볼 수 있게 된 것은 우연이 아닌 것이다. 끄리모프는 자신이 한 여인과의 정신적 교감, 유대 관계를 상실하였고, 그 과정에서 자신이 소외되었음을 깨닫게 되는 것이다.

И Крымов уже с радостью провожал их глазами, уже ему х отелось города, огней, газет, работы, уже он воображал. как за втра в цехе будет пахнуть горячим маслом и как будут гудеть станки, и вспомнил всех своих ребят.

Потом он слабо вспомнил, как выходил здесь три дня назад на рассвете. Вспомнил он и спутницу свою по автобусу и как у нее дрожали губы, рука, когда она прикуривала.

—Что это было с ней? —пробормотал он и вдруг затаил ды хание. Лицо и грудь его покрылись колючим жаром. Ему стало душно и мерзко, острая тоска схватила его за сердце.

—Ай—яй—яй!—пробормотал он, тягуче сплевывая. —Ай—яй— яй! Как же это, а? Ну и сволочь же я, ай—яй—яй!……А!

Что—то большое, красивое, печальное стояло над ним, над п олями и рекой, что—то прекрасное, но уже отрешенное, и оно сострадало ему и жалело его.

—Ах, да и подонок же я!—бормотал Крымов, часто дыша, и вытирался рукавом. —Ай—яй—яй!……—И больно бил себя кулак ом по коленке. (215—216)

끄리모프는 기쁜 마음으로 주위를 둘러보며 작별 인사를 했다. 이미 그는 도시, 불빛, 신문, 직장이 그리워졌고, 내일은 공장에서 뜨거운 기름 냄새가 나고 기계가 윙윙거리며 작동될 것이란 생각을 하였으며, 직장의 모든 동료들을 떠올렸다.

그러고 나서 그는 사흘 전 새벽에 여기에서 버스에서 내렸던 것을 어렴풋하게 떠올렸다. 그리고 버스 옆 좌석의 여인이 담배 피울 때 입술과 손이 떨리던 것을 기억했다.

"그녀와 무슨 일이 있었던 거지?" 이렇게 중얼거리고 나더니 갑자기 숨을 죽였다. 그의 얼굴과 가슴이 쑤시는 열기로 화끈거렸다. 답답하고 불쾌해졌으며, 날카로운 우울함이 그의 가슴을 짓눌렀다.

"아이-야이-야이" 길게 내뻗으며 웅얼거렸다. "아이-야이-야이! 내가 어떻게 그럴 수 있었을까? 난 정말 못난 놈이로군, 아이-야이-야이!⋯⋯아!"

무엇인가 크고 아름다우며 슬픈 것이 그와 들판, 강 위에 존재했는데, 이미 사라져버린 뭔가 멋진 것을 아쉬워했고 괴로워했다.

"아, 난 정말 쓰레기야!" 바튼 숨을 내쉬며 소매로 닦으면서 끄리모프는 중얼거렸다.

"아이-야이-야이!⋯⋯"

그리고 주먹으로 무릎을 아프게 내리쳤다.

주변 사람의 상태에 무심하던 끄리모프가 타인에 대한 여유와 관심을 가질 수 있게 된 요인, 즉 끄리모프의 내적 변화를 불러일으키는 것은 다름 아닌 자연의 영향이다. 자연 속에서의 사흘간의 휴식은 그를 쉬게 하였을 뿐 아니라, 자신의 참모습을 찾도록 해주었던 것이다.

자연은 끄리모프가 자연과 유리된 도시의 문명 생활을 통해 잃어버린 본성(nature)을 찾도록 하였다.[9] 사흘간 자연 속에서 평온한 시간을

---

9) 엘리자베스 클레망 外, Op. cit., pp.250.
자연은 우선 인간의 세계, 즉 인간에 의해 변형된 세계 바깥의 존재를 가리킨다. 인간은 자신이 창조해 낸 세계 속에서 살아간다. 그리고 현대로 올수록 그 세계 속에 점점 갇혀 살게 되었기 때문에 자연을 문화나 문명의 바깥에 존재하는 '그 무엇' 정도로만 생각한다. 자연은 인간의 의도나 노력으로부터 독립해 존재하는 '그 무엇'이다. 그러나 사실 인간은 자연의 한 부분이다. 이 점에서 프랑스어 nature가 '자연'이라는 뜻과 '본성'이라는 뜻을 같이 가지고 있음은 시사적이다. 한 인간의 자연은 곧 그 인간의 본성, 즉 교육을 통해 얻은 부분이 아니라 태어나면서부터 가지고 나온 부분을 의미한다.

보낸 끄리모프는 시간에 대한 강박관념에서 벗어날 수 있게 되었고, 동시에 자신의 내부에 존재하는 타인을 배려하는 인간적 면모를 되찾은 것이다. 바로 이 순간 끄리모프는 진정한 인간관계로부터 그를 단절시키고 소외시키는 이기심과 개인주의에서 벗어나게 된다.

까자꼬프의 문학세계에서 자연은 인간의 슬픔과 고통을 위로하고, 숨겨진 재능을 일깨워 주는가 하면, 내재된 본성과 자유를 되찾게 돕는다. 인간은 보이지 않는 끈으로 자연과 연결되어 있으며 그 연결 고리를 찾아낼 때 인간은 자아를 찾고 행복을 느낀다. 자연은 작품의 분위기를 창출하고, 인간의 재능을 밝혀주고 인간의 내부에 존재하는 가장 훌륭한 품성을 일깨우고 인간을 변화시킨다. 자연 속에서 인간은 사회의 모든 제약과 편견에서 벗어나 바로 자아를 되찾는 것이다.[10] 끄리모프는 도시의 여유 없는 생활에 지쳐 자연 속에서의 휴식을 원했고, 그래서 사흘간의 낚시 여행을 떠난다. 그는 자연과의 교감을 통해 진정한 자기 자신의 모습을 되찾게 되는데, 이때 낯선 여인과의 우연한 만남을 되새긴다. 끄리모프는 그가 그녀에게 무관심했다는 것과 그녀의 가슴에 고통을 주었다는 것을 알게 된다. 나아가, 이기심이 더 크고 숭고한 어떤 것으로부터 자신을 소외시켰음을 깨닫는다. 끄리모프가 작품 전편에 걸쳐서 드러내는 행복 추구가 아이러니컬하게도 그를 참된 행복으로부터 멀어지게 했던 것이다. 결국 현대인의 소외는 각 개인의 이기심에서 비롯되고, 그것의 치유 즉 인간 본성의 회복은 자연으로 돌아갈 때 가능해진다.

「저기 개가 달려가네요!」의 남녀 주인공은 이와 같이 버스 안에서 우연히 만나고 헤어진다. 남자 주인공인 끄리모프의 닫힌 마음으로 그들의 만남은 물리적 차원에서 그치게 된다. 여인은 그와 정신적 교감을

---

10) Н. А. Черкулина, "Проблема героя……," с. 68-69.

원했지만, 끄리모프는 받아들일 준비가 되어 있지 않았다. 끄리모프가 놓친 것은 그녀와의 귀중한 정신적 교감이었고 그 사실을 깨달은 끄리모프는 자책한다. 까자꼬프의 작품세계에서 만남은 이와 같이 물리적 만남과 정신적 만남으로 구별된다. 작가가 추구하였던 만남은 정신적 교감이 이루어지는 정신적 만남이다. 끄리모프는 자연과의 교감을 통해 자아를 찾게 되나, 예기치 못했던 우연한 만남을 정신적 만남으로 끌어올리는 데는 실패한다.

「저기 개가 달려가네요!」에서 끄리모프가 자신의 닫힌 마음으로 인해 진정한 만남에 이르지 못한다면, 「못생긴 여자」의 소냐(Соня)는 상대방의 닫힌 마음으로 만남을 갖지 못하는 경우이다. 「저기 개가 달려가네요!」에 등장하는 끄리모프의 옆 좌석에 앉은 여인의 내면을 가늠해 볼 수 있게 하는 내용이다. 「저기 개가 달려가네요!」와 「못생긴 여자」 두 단편은 내적으로 상호 연결되어 있다.

흥미로운 것은 「저기 개가 달려가네요!」에서는 끄리모프의 시각으로 이야기가 전개되었는 데 반해, 이 작품은 입장이 바뀐 여인의 시선으로 작품이 진행되고 있다는 점이다.

「못생긴 여자」에서 제목은 자신과 주위 사람들이 모두 인정하는 못생긴 여자 소냐를 지칭한다. 결혼 피로연의 분위기가 한창 무르익은 한밤 중 소냐는 주위의 흥겨움과 무관심 속에 상대적 슬픔과 고독에 시달리고 있다. 아래 인용문에서 최고조의 흥겨움과 대조를 이루는 소냐의 내면이 선명하게 드러나고 있다. 사랑과 행복이 넘치는 결혼 피로연에서 못생긴 여자 소냐의 고독감은 더해간다.

> Всем было весело, только Соне было тяжело и тоскливо на душе. Острый нос ее покраснел от выпитой водки, в голове шумело, сердце больно билось от обиды, от того, что никто ее

не замечает, что всем весело, все в этот вечер влюблены друг
в друга, и только в нее не влюблен и никто не приглашает та
нцевать.

Она знала, что некрасива, стыдилась своей худой спины и с
только уж раз давала зарок не ходить на вечера, где танцуют
и поют, и влюбляются, но каждый раз не выдерживала и шла,
все надеясь на какое-то счастье. (67)

모두들 흥겨웠는데, 소냐만은 힘겹고 우울하였다. 보드카를 마
셔 그녀의 뾰족한 코는 붉어졌고 머리는 지끈거렸고, 아무도 그
녀에게 눈길을 주지 않았으며, 이 밤 서로서로 사랑하는데 그 누구
도 그녀만은 사랑하지 않았고 춤을 신청하지 않았다는 것에 속상하
여 가슴이 아팠다.
그녀는 자신이 못생겼다는 것을 알고 있었고, 깡마른 등이 창
피했다. 춤추고 노래하며 서로 사랑에 빠지는 이런 파티에 가지
않겠노라고 수없이 다짐하건만, 항상 막연한 행복에 대한 기대를
품고 파티에 오곤 하였다.

그녀는 학생 시절에도 남자들의 관심과 사랑을 받아본 적이 없었
고, 남자와 입맞춤을 해보기는커녕, 단 한 번이라도 집까지 남자의 배
웅을 받아본 적도 없었다. 게다가 최근 이삼 년 사이 대부분의 여자
친구들이 결혼하여 외로움이 더욱 깊어가고 있던 차였다. 피로연장에
서의 실낱같은 행복에 대한 기대가 또 한 번 무너지자 소냐는 자신을
주체하기가 어렵다. 못생긴 소냐는 주위의 행복하고 흥겨운 사람들이
싫어지고 자신이 초라해져 피로연장을 빠져나와 집으로 향하는 밤길
을 나선다.

어두운 길에서 소냐는 술에 취한 니꼴라이를 만나게 된다. 이 작품
에서 빛과 어둠은 이야기 전개에서 중요한 역할을 한다. 왜냐하면, 어

둠 속에서는 소냐의 못생긴 얼굴이 가려지고, 밝은 빛 속에서는 드러나기 때문이다. 여기에서 소냐가 니꼴라이의 관심을 끌 수 있었던 것 역시 그녀의 얼굴이 어둠 속에 감추어질 수 있는 까닭이었다. 니꼴라이는 낯선 소냐에게 매력을 느끼고 그녀를 집까지 바래다주고 그녀를 포옹하고 입맞춤한다. 그리고 다음 날 데이트 약속까지 하게 된다.

「못생긴 여자」에서는 길에서의 만남이 일회적으로 끝나지 않고 한 번 더 이어지는 특징을 갖는데, 이것은 소냐의 상대역인 니꼴라이의 내면을 확인시켜주는 역할을 한다. 어두울 때 니꼴라이는 그녀에게 접근하지만, 환한 낮에는 그녀에게서 멀어진다. 소냐는 갑작스런 행복에 어찌할 바 모르는데, 다음 날 환한 낮의 데이트에서 니꼴라이는 또다시 그녀에게 냉담해진다. 니꼴라이는 밝은 곳에서 본 소냐의 모습에 실망하고 주저 없이 이웃 마을 파티에 가버린다.

이와 같이 빛과 어둠은 소냐와 니꼴라이 두 사람의 만남에서 니꼴라이의 본성을 드러내는 문학적 장치이다. 다음 <표-1>에서 제시된 바와 같이, 피로연장, 마을 길, 첫 데이트 등 세 번 반복되는 만남에서 니꼴라이는 어둠 속에서 소냐의 못생긴 얼굴이 가려지면 소냐에게 다가오고, 환한 곳에서 그녀의 못생긴 얼굴이 보이면 그녀에게서 멀어진다. 결국, 니꼴라이에게 여성의 외모는 내면에 우선하는 판단 가치인 것이다.

<표-1>

만 남	빛과 어둠의 이미지	니꼴라이의 태도
결혼 피로연장	빛	떠 남
길	어 둠	접 근
첫 데이트	빛	다시 떠남

결혼 피로연장, 집에 돌아가는 길, 첫 데이트 등 세 번의 만남에서 니꼴라이는 빛과 어둠의 이미지를 통하여 제시되는 소냐의 외모에만

반응할 뿐, 그녀의 정신적 순수함과 고결함을 알아보지 못한다. 소냐는 그와 진심 어린 대화를 원했으며, 그가 사람의 순수함과 사랑을 믿기를 바란다. 소냐는 니꼴라이의 고통을 위로하고 그에게 사람과 사랑에 대한 믿음을 심어주고자 한다. 그러나 밝은 빛 속에서 소냐가 예쁘지 않다는 사실을 확인한 니꼴라이는 소냐와 인간적 관계를 거부한다.

이와 같이 「못생긴 여자」의 두 사람은 정신적 만남을 갖는 데 실패한다. 니꼴라이는 소냐보다 정신적으로 미성숙한 모습을 보여주는데, 바로 이 점이 두 사람의 진정한 만남의 저해 요소로 작용하고 있다.

니꼴라이와 헤어진 소냐는 더 크게 상심하며 집으로 돌아온다. 소냐의 운명을 비극적으로 해석할 만은 하다. 그러나 까자꼬프는 이 작품을 잔인한 단편(жестокий рассказ)으로 해석하는 것에 반대하는데,[11] 소냐와 니꼴라이와의 만남과 이별 후 그녀의 변화가 그러한 작가의 주장을 뒷받침한다.

소냐는 자연의 아름다움을 통해 삶의 진정한 아름다움을 느낌으로써 자신의 불행을 극복할 뿐 아니라, 고단한 삶에 위안과 행복을 느끼게 된다. 소냐가 자연의 아름다움을 느낄 수 있는 것은 그녀가 순수하고 아름다운 마음의 소유자이기 때문에 가능하다. 소냐는 사랑과 사람의 순수성을 믿었으며, 마지막 순간까지도 니꼴라이를 배려할 만큼, 따뜻한 마음을 지녔다. 이 작품의 핵심이 되는 마지막 장면에서 소냐는 샛별의 빛을 통해 고독감에서 벗어나 위안을 얻고 행복을 느낀다.

---

[11] И.С.Кузьмичев, (Ленинград, 1986), с. 64.
까자꼬프는 1959년 10월 С. Щипачев의 단편 「Некрасивая」에 관한 평에 대해 다음과 같이 답장을 하였다.
Вы совершенно правильно поняли 「Некрасивую」, я задыхался и крякал от нежности, когда писал ее, а все почему-то считают, что это 'жестокий' рассказ······ 귀하는 「못생긴 여자」를 정말 정확히 이해하셨습니다. 저는 이 작품을 쓸 때 그 부드러움으로 숨이 막힐 듯 만족스러웠습니다. 그런데 무슨 연유에선지 모두들 이 작품을 '잔인한 단편'이라고 여깁니다.······

Опять шла она мягкой дорогой, но теперь ей светили звезд
ы. Нежно пахло сеном и придорожной пылью. От сияния Млеч
ного Пути тьмы полной не было, по сторонам виднелись то ст
ога сена, то копешки льна, то светлело неубранное поле ржи.

–У–у!–сказала Соня все тем же низким, страшным звуком. –У–у
!……

Больше она не могла ничего сказать и ни о чем подумать.
Опять спустилась она в сырой ложок, поднялась наверх. Тракто
р, что давеча чинился у дороги, теперь пахал далеко в поле. Ч
уть видна была звездочка его фары, слышен был слабый стреко
т мотора.

Потом ей стало легче. Она вдруг увидела пронзительную кр
асоту мира, и как, медленно перечеркивая небо, валились звезд
ы, и ночь, и далекие костры, которые, может быть, чудились е
й, и добрых людей возле этих костров и почувствовала уже ус
талую, покойную силу земли. Она подумала о себе, что она вс
е–таки женщина, и что, как бы там ни было, у нее есть серд
це, есть душа, и что счастлив будет тот, кто это поймет. О! т
упой, тупой дурак–какую силу и прелесть чувствовала она в с
ебе, как легко и яростно стало ей, как решительно зашагала и
как, наверное, хороша стала в темноте–одинокая под подыхащи
ми, падающими звездами. (75)

그녀는 다시 보드라운 길을 걸었는데 이제는 별들이 그녀를
비추어 주었다. 건초와 길가 먼지에서 은은한 향이 풍겼다. 은하
수 빛으로 아주 어둡지는 않아 길 양옆으로 건초더미, 아마조각
이 보였고 아직 추수를 하지 않은 호밀 밭이 밝게 빛났다.

"우-우!" 소냐는 계속 그렇게 나지막이 이상한 소리를 냈다.
"우-우!……"

그녀는 더 이상 아무 말도 아무 생각도 할 수 없었다. 그녀는
다시 질퍽한 골짜기로 내려갔다가 위로 올라갔다. 얼마 전 길가

에서 수리하던 그 트랙터는 이제 저 멀리 들판에서 밭을 갈고 있
다. 트랙터의 헤드라이트 불빛이 아련히 보이고, 모터 소리가 약
하게 들려왔다.

　그러다 보니 그녀는 마음이 한결 홀가분해졌다. 갑자기 그녀는
세상의 투명한 아름다움을 보았다. 천천히 하늘을 지워버리며 별
들과 밤, 그리고 저 멀리 모닥불이 몰려드는 듯했다. 모닥불 둘레
에는 선한 사람들이 있다고 여겨졌으며, 어느새 노곤하고 평온한
대지의 힘이 느껴졌다. 그녀는 어쨌든 자신이 여자라는 것과, 분명
그녀에겐 마음과 영혼이 있다는 것, 그리고 이 사실을 깨닫는 사람
이 행복할 것이란 생각에 이르렀다. 오! 둔하고 둔한 바보-그녀는
자신의 내부에 존재하는 힘과 아름다움을 느꼈고, 마음이 편하고 강
렬해졌으며 어둠 속에서 좋아진 듯 그녀는 홀로 쏟아지는 별빛 속을
힘차게 걷기 시작하였다.

　소냐는 귀갓길에 자연의 아름다움을 느끼고 공명하며 위안을 얻고
행복을 느낀다. 삶의 충만감과 행복은 자신에게 달려 있다(полнота осу
щения жизни и счастья зависит от самого человека)는 것을 알게 된
다.[12) 소냐는 작품 전편을 통하여 반복해서 벽을 바라본다. 세 번 반복
하여 벽을 향하는 그녀의 행위는 진리에서 멀어지고 있음을 상징한다.
그녀는 자신의 내부에 존재하는 것을 외부에서 찾으려고 노력할 때, 즉
자신의 행복을 타인의 관심과 사랑에 달려 있다고 여길 때, 벽을 바라
보았으며(поварачивалась к стене), 벽에 의지하여(держлюь за стену) 일
어날 때에는 자연의 아름다움을 느끼고 자아를 되찾는다.

　소냐는 까자꼬프 작품 속에서 종종 심안의 의미로 제시되는 별빛을
통해 자연과 조화를 이루는 의식의 단계로 들어서게 된다.[13) 소냐는
길에서의 우연한 만남에서는 상대방과 정신적 교감을 나누는 데 실패

---

12) Н. А. Черкулина, "Проблема героя……," с. 73.
13) Roman Gershkovich, Op. cit., p.111.

하지만 이 사건을 계기로 자연과 조화로운 자아의 참모습을 발견한다.

「저기 개가 달려가네요!」, 「못생긴 여자」에서는 남녀관계에서 발생하는 소외와 고독의 문제가 제기된다면, 「사냥 중에」, 「촛불」에서는 아버지와 아들, 즉 서로 다른 세대 간의 문제와 그 극복의 과정이 제기되고 있다.

남녀라는 인간의 수평적 관계가 인간의 본성을 드러내는 효과적 수단이라면, 아버지와 아들이라는 세대 간 수직적 관계는 인간 존재의 근원을 고찰할 수 있게 한다.

단편 「사냥 중에」의 배경은 제목에서도 알 수 있듯이 숲이고, 사냥꾼 부자가 등장한다. 아버지와 아들은 까자꼬프가 인류의 세대 간 연결이라는 근원적 문제를 제시하기 위해 즐겨 탐구하는 대상이다. 까자꼬프는 아버지와 아들, 즉 세대 간의 문제를 다루는 작품을 통하여 러시아 문학의 전통을 계승하고 있다. 작가는 부자관계를 통하여, 세대 간의 질투, 세대 간 대화의 단절 등의 문제를 제기하고 있으며, 세대 간의 제반 문제는 자연과의 교감, 나아가 세대를 이어주는 공동의 주거 공간인 집을 통하여 해소된다. 자연과의 교감은 자연의 순환이라는 진리를 통하여 세대 간 교체의 순리를 수용할 수 있게 하고, 집이란 공간은 시간과 공간을 초월하여 존재하는 세대 간의 대화, 즉 유대감을 확인시켜준다. 결국, 까자꼬프가 제시하는 아버지와 아들의 관계는 순환하는 자연의 법칙 속에서 서로 분리될 수 없는 단일체이다.

「사냥 중에」는 까자꼬프가 서로 다른 두 세대 간의 문제를 제기하는 첫 작품이며, 이후 작가의 유작으로 평가되는 「촛불」, 「너는 꿈속에 서럽게 울었지」 등의 작품에서 이 부자관계라는 주제는 더욱 심화·발전된다.

뾰뜨르 니꼴라예비치는 자신이 젊은 시절 아버지와 사냥 여행을 했

던 곳으로 아들과 함께 사냥하러 왔다. 다음은 작품의 도입 부분으로
사냥 여행 중 잠에서 깨어나는 장면으로 그의 우울한 심리적 상태가
공간을 통하여 표현되고 있다.

> Ночевали на чердаке пустой заброшенной сторожки, на слеж
> авшихся, потерявших запах листьях. Петр Николаевич проснулс
> я, когда сквозь дырявую сухую крышу начал пробиваться слабы
> й свет. (92) [밑줄 — 인용자]

> 버려진 파수꾼 오두막의 다락방에 오랫동안 방치되어 딱딱하고 냄
> 새조차 사라진 나뭇잎 위에서 잤다. 뾰뜨르 니꼴라예비치는 구멍 나고 메
> 마른 지붕 사이로 엷은 빛이 새어 들어오기 시작할 무렵 잠에서 깨었다.

뾰뜨르 니꼴라예비치가 '버려진 파수꾼 오두막의 다락방에서(на черд
аке пустой заброшенной сторожки)' 잠을 잤다는 사실에 주목할 필요
가 있다. 그가 존재하는 이 공간은 그의 내면이 투사된 심리적 공간이
다.[14] 그는 젊은 시절 아버지와 함께 사냥하던 행복한 기억을 찾아 그
숲에 왔으나 추억의 공간에서 오히려 자신이 늙고 소외되었다는 생각
을 하고, 젊은 아들에게 질투의 감정을 느끼는 것이다.

현재 그가 느끼는 삶에 대한 회의와 슬픔이 그가 존재하는 공간에
그대로 반영된다. 그는 세월의 흐름 속에 모든 것이 변했고, 자신의 행
복과 젊음은 이제 과거의 것이 되었을 뿐 아니라, 자신이 버려졌다는
소외감과 고독에 시달린다. 그가 젊은 시절의 기억을 그리워하며 추억
의 장소를 다시 찾아 온 이유 역시 이 같은 그의 내면과 무관하지 않

---

14) 유인순, "소설의 시간과 공간", 이재인 外 편저, 『현대 소설의 이해』(서울: 문학사
    상사, 1997), pp.311–312passim.
    인간은 필연적으로 공간에 존재한다. 인간이 공간을 인식한다는 것은 그 자신의
    존재를 인식하는 것이다. 인간의 창작품인 예술은 그 외부에 있는 세계를 반영하
    는 공간 영역이며 동시에 인물의 내적 세계를 반영하는 상징이기도 하다.

다. 과거 아버지와 함께 사냥할 때의 기쁨과 행복, 첫사랑의 설렘[15]을 회상한다. 그 당시 그에게 삶은 순수하고 끝없는 기쁨이었는데 지금은 몸도 늙어가고 무뎌졌다.

> Теперь он снова приехал сюда, уже не один, а с сыном и к
> огда ехал, было томительно —радостно, что он опять увидит в
> се, а теперь стало тяжело–так все неузнаваемо изменилось, так
> все постарело, поблекло······ (93)

그는 이제 다시 여기에 왔다. 더 이상 혼자가 아니라 아들과 함께 왔다. 여기에 올 때는 다시 이 모든 것을 본다는 것에 뛸 듯이 기뻤는데, 지금은 심기가 불편하다. 모든 것이 몰라보게 변했고 늙고 퇴색한 것이다.

과거 아버지와 함께 사냥하던 젊은 아들이 이제는 아버지가 되어 젊은 아들을 데리고 온 것이다. 뾰뜨르 니꼴라예비치는 추억의 장소가 변했다는 사실에 충격을 받는다. 뾰뜨르 니꼴라예비치는 아버지와 아들의 관계에서 세대교체가 이루어졌다는 사실을 확인하며 자신이 소외되었다고 느낀다. 과거와 현재 아버지와 아들의 관계를 비교하며 그는 아들의 젊음과 활기에 대하여 부러움과 함께 질투의 감정을 갖는다.

---

15) 뾰뜨르 니꼴라예비치는 젊은 시절 한 달간의 행복한 사냥 여행에서 가장 중요했던 것은 사랑하는 그녀에 관한 생각이었다고 회상한다. 이와 같은 사실은 「파랑과 초록」의 알료샤의 첫사랑과 그의 한 달간의 사냥 여행과 거의 유사하다. 감수성이 예민한 젊은 시절이란 점과 사랑하는 여인에 대한 그리움, 또한 한 달간의 사냥 여행이란 점 등이 두 작품을 연결시켜주는 주요한 단서이다. 결정적으로 두 작품을 내적으로 긴밀히 묶어 주는 요인은 알료샤와 뾰뜨르 니꼴라예비치의 삶과 주변에 반응하는 낭만적이고 예민한 감수성이다. 까자꼬프의 단편들은 서로 내적으로 연결되기도 하는데, 뾰뜨르 니꼴라예비치는 알료샤가 성장한 후의 모습을 보여준다고 볼 수 있다.

> Потом замолчал, стал думать о сыне и никак немог понять,
> чего же больше в его мыслях: радости или ревности······ (98) [밑
> 줄-인용재]

> 그러고 나서 그는 침묵했고 아들에 관해 생각했는데, 기쁨과
> 질투의 마음 중 어느 쪽이 더 큰지 도무지 알 수가 없었다······

뽀뜨르 니꼴라예비치는 주변의 변화와 자신의 노화를 느끼며 자신이
이 세계에서 소외되었다고 느끼고 있다. 바로 이 소외감이 그를 괴롭히
는 요소인 것이다. 또한 그는 함께 온 젊은 아들에 대한 감정의 혼란
을 느낀다. 그는 아들에 관해 기쁨인지 질투인지 알 수 없는 감정을
느끼게 된다.

까자꼬프가 자신의 작품에서 최초로 제기하는 아버지와 아들의 문제
는 이와 같이 아들에 대한 아버지의 질투로 시작되고 있다. 그는 며칠
동안 젊은 시절 아버지와 함께 다녔던 숲 속의 추억의 장소를 찾는다.
마침내 그는 자신이 그리워하던 호수를 찾아갔지만, 호수는 작아졌으며
나이를 먹은 듯 보였다. 뽀뜨르 니꼴라예비치는 자신이 그리워하던 자
연과 인사를 나눈다.

> ≪Ну, здраствуйте!-думал, волнуясь, Петр Николаевич. -Здраству
> йте, кусты, и деревья, и озеро! Здраствуйте, цветы и осока! Вот я опя
> ть с вами. Вы долго меня ждали, снились мне, и я пришел·····≫ (95)

> '아, 안녕!' 뽀뜨르 니꼴라예비치는 설레는 마음으로 생각했다.
> '안녕, 관목 숲, 나무들, 그리고 호수여! 안녕, 꽃과 수풀이여! 내
> 가 다시 그대들과 함께 있다네. 그대들이 오랫동안 나를 기다렸고,
> 내 꿈에 그대들의 모습이 보였기에, 나 이렇게 온 것이라네······'

이 작품에서 뽀뜨르 니꼴라예비치가 자연과 직접적인 대화를 나누는

것 역시 인간과 자연이 서로 연결되어 있다는 작가의 세계관을 보여주
는 한 예이다. 작가는 자연이 영원하고 항상 젊으며 아름답다고 여겼
다. 뾰뜨르 니꼴라예비치가 자연과 만나는 것, 곧 교감하는 것은 곧 젊
음과 함께 사라져간 과거와의 만남이고, 아들 알렉세이의 자연과의 만
남은 바로 그가 어릴 적 설레는 마음으로 맞이했던 자연과의 만남과
같은 것이다.

여기에서 뾰뜨르 니꼴라예비치는 순환하는 시간의 영원성을 느끼며
위안을 얻는다. 이 순간 뾰뜨르 니꼴라예비치는 순환하는 자연의 섭리
속에 아버지와 아들 관계의 변화를 수용할 수 있게 된다. 순환하는 자
연의 법칙을 받아들일 때, 뾰뜨르 니꼴라예비치는 자신 역시 순환하는
자연의 일부로 영원성을 갖는다고 여기고 진정한 행복을 느낄 수 있게
되는 것이다.

뾰뜨르 니꼴라예비치는 자연과 교감을 통해 자신의 과거를 새로이
바라보며, 삶의 아름다움을 느낀다. 나아가 그는 지금까지의 소외감에
서 벗어나 기쁨과 행복을 느끼게 된다. 그의 기쁨은 자연과의 교감과
긴밀하게 연결된다. 바로 이 순간 그는 자신이 늙었음을 수용하게 되는
것이다.

> Да, все то же…… И жизнь по-прежнему прекрасна, и будет
> такой всегда, –всегда будут пылать, багроветь и зеленеть закат
> ы и разгораться тихим светом восходы, всегда будут расцветать
> цветы и расти трава, и новые люди будут приходить на места
> стародавных охот…… (100)

> 그렇다, 모든 것은 그대로다…… 인생은 여전히 아름답고 앞으
> 로도 그럴 것이다. 언제나 노을은 빛나고 붉고 푸르게 물들고, 일
> 출은 평온한 빛으로 타오를 것이다. 언제나 꽃이 만발하고, 풀이
> 자라며, 태고의 사냥터로 새로운 사람들이 올 것이기에……

뾰뜨르 니꼴라예비치는 자연의 질서를 받아들임으로써 인생의 아름다움을 느낀다. 자연 속에서 그는 모든 감정의 앙금을 떨쳐버리고 본연의 자신으로 돌아온다. 현재의 자신을 그대로 수용함으로써 아들에 대해 가졌던 질투심에서 벗어난다.

그의 독백 속에서 노을은 자기 자신의 삶을, 일출은 아들의 삶을 상징한다. 자신과 아들의 관계, 순환하는 세대 간의 질서를 인정함으로써, 비로소 그는 소외감을 극복한다. 이때 뾰뜨르 니꼴라예비치의 슬픔은 기쁨으로 바뀌게 된다. 이는 곧 영원한 순환이라는 자연의 질서를 나타내는 것이다.

이 단편에서 자연은 젊음을 잃은 뾰뜨르 니꼴라예비치의 상실감을 위로하고 활력을 주는 오랜 친구(старый друг)로 다가온다. 자연은 그에게 마음의 젊음(молодость душ)을 선사하고 그의 내부에 존재하는 아름다운 품성을 일깨워 준다. 작품 전체에 나타나는 서정적 라이트모티프는 자연의 영원한 아름다움과 힘이다. 자연은 아버지와 아들 두 사람의 내부에 인생의 새로운 행복감, 나아가 그들이 세계와 하나(слитность с миром)라는 사실을 일깨워 주고 있다.[16]

「사냥 중에」에서 처음으로 제시된 아버지가 느끼는 아들에 대한 질투심과 소외의 문제는 이후 「촛불」과 「너는 꿈속에 서럽게 울었지」 등의 유작을 통하여 세대 간의 근원적 대화의 문제로 심화된다. 「촛불」은 「너는 꿈속에 서럽게 울었지」와 함께 러시아 문학의 전통을 완성도 높게 계승한 수작으로 평가된다.[17] 리하쵸프(Д. И. Лихачев)는 이 작품이 우리 삶의 일상성을 초월하는 특성(наджизненный надбытовый характер)을 갖는다고 보았고, 꾸지미체프는 이 작품은 친밀한 두 영혼의 대화

---

16) Н. А. Черкулина, "Проблема героя······," с. 69. 참조
17) А. Нинов, "Сквозь тридцать лет: Проблемы, Портреты, Полемика," (Ленинград, 1987), с. 348.

(разговор двух душ)로 영원한 인간관계의 심오한 비밀을 담고 있다고 평가하였다.[18)

단편 「촛불」은 아버지와 어린 아들의 이야기이다. 두 부자가 함께 가을 저녁에 산책하는 것 외에 특별한 사건은 일어나지 않는다. 앞서 고찰했던 바와 같이, 부자관계는 까자꼬프가 관심을 가졌던 중요한 문제 중 하나인데, 이 작품에서 아버지와 아들 두 사람의 친밀한 관계는 영혼의 대화로 승화되어 상징적으로 표현되고 있다. 까자꼬프는 이미 1963년 일기에 이 작품의 구상에 관하여 다음과 같이 적고 있다.

> Написать рассказ о мальчике 1.5 года. Я и он. Я в нем. Я думаю о том, как он думает.
>
> Он в моей комнате. 30 лет назад я был такой же.[19)

> 한 살 반 된 사내아이에 관한 단편을 쓸 것이다. 나와 그 아이. 나는 그 아이 내부에 존재한다. 나는 그 아이가 무슨 생각을 하는지 생각한다.
>
> 아이는 지금 내 방 안에 있다. 30년 전 나는 이 아이와 같았다.

이 작품에는 작가의 자전적 요소가 반영되고 있다. 작품을 구상하던 당시 까자꼬프에게 작품의 등장인물과 비슷한 또래의 아들이 있었는데 그 이름 역시 알료샤였다. 더욱이 작품이 1인칭으로 서술되고 있으며, 집과 길, 시간과 인간관계에 관한 작가 자신의 철학이 보다 분명하게 드러나고 있다는 점 등에서 자전적 요소를 발견할 수 있다.

이 작품에서 아버지와 아들 두 사람의 정신적 긴장과 해소, 그리고 진정한 정신적 만남이 작가 고유의 풍부한 서정성 속에서 표현된다. 앞서 고찰한 바와 같이, 까자꼬프는 단편의 시작과 끝이 가장 중요한 것

---

18) И.С.Кузьмичев, (Ленинград, 1986), с. 244-245.
19) Там же, с. 44.

으로 간주하였는데, 이 작품은 다음과 같이 시작과 끝 문장이 서로 긴밀하게 연결된다.

Такая тоска забрала меня вдруг в тот вечер, что не знал я, куда и деваться-хоть вешайся! (307)

그날 저녁 갑자기 엄습해 온 우울함에 난 몸 둘 바를 몰랐다. -죽고 싶었다!

И вспомнив этот давний случай и думая о тебе, я почувствовал вдруг, как мне весело, недавнюю тоску мою как рукой сняло, и снова захотелось жить. (319)

그 오래전 일과 너를 생각하며, 나는 갑자기 즐거워졌고 오래지 않은 나의 슬픔은 봄눈 녹듯 사라져, 다시 살고 싶어졌다.

화자인 아버지는 '죽고 싶다'라고 작품을 시작하고, '다시 살고 싶어졌다'라며 마무리한다. 정교하게 연결되는 도입과 결말 부분의 문장은 그 전개와 절정 부분의 내용이 그에게 삶의 희망을 주는 막간의 역할을 하고 있음을 암시한다. 따라서 화자의 급격한 감정 변화의 요인을 밝히는 것이 곧 이 작품 이해의 핵심이 된다.

아버지는 이런 이들과 함께 저녁 산책을 한다. 우울한 아버지는 아들 알료샤와 대화를 원한다. 아버지의 말에 나타난 아들의 모습을 살펴보자.

Куда в какие прекрасные края ехал ты в своем воображении? Я остановился в ожидании, пока далекая твоя, неведомая мне дорога кончится, когда приедешь ты куда-нибудь и мы пойдем с тобой дальше. (308)

상상의 나래를 펴고 너는 그 어느 아름다운 곳으로 간 거니? 내가 알지 못하는 기나긴 너의 여정이 끝나 우리 함께 가길 기다리며 나는 멈추어 섰다.

Ты молчал, мчась куда-то на своей машине, удаляясь от меня, как звезда. Ты так далеко уехал, что когда нам пришлось свернуть с тобой вбок по дороге и я свернул, то ты не свернул. Я догнал тебя, взял за плечо, повернул, и ты послушно за мной: тебе все равно было, куда идти, ведь ты не шел, ты ехал! (309)

네 차를 타고 별처럼 내게서 멀어져 가며 너는 아무 말도 하지 않았지. 길을 가다 방향을 바꾸어야 할 때, 나 홀로 방향을 바꿀 만큼 너는 멀리 달려가 있었단다. 나는 네 뒤를 따라가 어깨를 붙잡아 방향을 바꾸어 주면 너는 순순히 나를 따랐지. 너는 어디로 가든 상관없었어. 너는 걸어간 것이 아니라 차를 타고 갔었으니까!

　　장난감 자동차를 매우 좋아한 아들 알료샤는 여러 가지 모양과 크기의 자동차를 가지고 있다. 화자는 당시 알료샤가 유난히 자동차에 심취하던 시기였다고 밝히고 있다. 물론, 알료샤가 자동차를 좋아했던 것은 그 연령에서 자연스러운 일이다. 하지만 이 작품에서 여러 장난감 중에서 특별히 장난감 자동차를 좋아하는 데는 상징적 의미가 있다. 알료샤가 좋아하는 것은 자동차와 촛불인데, 이 두 대상은 길과 집을 각각 상징적으로 표현한다. 알료샤는 장난감 자동차뿐 아니라, 실제 자동차도 좋아하고, 타고 다니는 행위를 즐기고 있다. 자동차는 공간과 공간을 연결하는 교통수단이다. 알료샤의 장난감 자동차는 교통수단으로서의 길을 상징적으로 표현하고 있는 것이다. 그리고 이 작품의 제목이기도 한 촛불은 '빛과 온기'로 대변되는 집을 의미하는 것이다.
　　아버지와 산책을 하면서도 알료샤는 작은 장난감 자동차를 손에 쥐

고서 여기저기 굴리며 노는 데 푹 **빠져** 있다. 화자의 표현처럼 알료샤
는 자동차를 가지고 노는 것이 아니라 '타고 있었다(ты ехал)'고 표현
될 만큼 심취해 있었다. 알료샤가 현재 장난감 자동차를 가지고 노는
모습은 알료샤가 미래에 걷게 될 길과 아버지가 과거에 걸어온 길을
추측할 수 있게 한다.[20] 그러한 어린 알료샤의 천진한 모습을 바라보
며 아버지는 알료샤에게 말을 건넨다. 아버지는 아들과 자신 두 사람
사이에 인식의 차이가 크다는 사실을 깨닫는다.

> −Слушай, любишь ты позднюю осень? −спросил я у тебя.
> −Любишь! −машинально отвечал ты.
> −А я не люблю! −сказал я. −Ах, как не люблю я этой тем
> ноты, этих ранних сумерек, поздних рассветов и серых дней!
> Все увядоша, яко трава, все погребошася······ Понимаешь ты, о
> чем я говорю?
> −Понимаешь! −тотчас откликнулся ты.
> −Эх, малыш, ничего−то ты не понимаешь······ Давно ли был
> о лето, давно ли всю ночь зеленовато горела заря, а солнце вс
> тавало чуть не в три часа утра? И лето, казалось, будет длить
> ся вечность, а оно все убывало, убывало······ Оно прошло, как
> мнговение, как один удар сердца. Впрочем, <u>мгновенным оно бы
> ло только для меня.</u> Ведь чем ты старше, тем короче дни стра
> шнее тьма <u>А для тебя, может быть, то лето было как целая ж
> изнь?</u> (308−309) [밑줄−인용자]

"얘야, 넌 늦가을이 좋으니?" 나는 네게 물었지.
"좋으니!" 넌 무심히 대답했다.

---

20) 이 작품에는 아버지의 과거와 현재의 길과 아들 알료샤의 현재와 미래의 길이 동
   시에 존재한다. 아버지는 자신이 경험하였던 과거의 길을 토대로 아들의 미래의
   길을 상상한다. 또한 아버지는 현재 아들이 자동차를 가지고 노는 모습에서 자신
   의 과거를 재발견하고 있는 것이다.

"난 늦가을이 싫어!" 내가 말했지. "이 어둠, 이렇게 일찍 해가 지고 늦게 뜨는 것, 이 우울한 날이 싫구나. 모든 것이 풀처럼 시들고 …… 내가 무슨 말하는지 알아듣겠니?"

"알아듣겠니!" 넌 곧바로 대꾸했지.

"아, 아이야, 네가 알 리 만무하지…… 밤새도록 노을이 푸르스름하게 빛나고 새벽 세 시도 못 돼서 해가 뜨던 여름이 과연 정말로 오래전 일이었을까? 게다가 여름은 영원히 계속될 것만 같았는데, 여름은 조금씩 조금씩 풀이 꺾였지…… 여름은 눈 깜짝할 새, 심장이 단 한 차례 뛰듯 지나가 버렸어. 그런데 <u>여름은 내게만 순간처럼 느껴졌어.</u> 사실 나이가 들수록 시간이 짧아지고 어둠이 무서워지는 법이지. <u>그렇지만 혹시 네게는 지난여름이 한평생처럼 느껴지지는 않았니?</u>

화자인 아버지는 아들의 즉각적이며 천진한 답변에 아들과 자신의 관계를 깊이 생각하게 되고, 이때 화자는 두 사람의 시간 개념이 다를 수 있다는 결론에 이른다. 까자꼬프의 문학세계에서 시간은 합리적 사고의 직선적 개념을 넘어선다. 단편 「울며 통곡하며……」에서 드러난 바와 같이, 시간은 작중인물의 인식을 통하여 그 길이가 유동적으로 길어지거나 짧아진다. 또한 등장인물들은 시간을 뛰어넘어 그 공간의 다른 인물들과 교감을 하기도 한다. 또한 단편 「사냥 중에」에서는 아버지와 아들 두 인물의 시간이 순환적 시간의 흐름 속에서 조화를 이루는 질서가 제시된다.

이와 같은 까자꼬프의 독특한 시간 개념은 「촛불」에서 보다 안정되고 확고한 시간 구조를 보여준다. 까자꼬프의 시간은 순환의 구조를 갖고 있고, 등장인물의 의식이 고양되는 순간 과거·현재·미래라는 시간의 경계는 사라져 버리면서 순환의 구조를 구성하는 현재의 한 공간 속에서 동시에 존재한다. 과거·현재·미래가 한 순간에 공존한다는 진리에 이를 때 까자꼬프의 등장인물들은 의식의 확장을 체험한다.

이 장면에서 아버지와 아들은 독립된 온전한 우주로, 상대성 이론에
서 말하는 바와 같은 각자 고유의 시간21)을 갖고 있다. 이 작품에서
보여주듯이, 동일한 여름이 화자에겐 '순간(мгновение)'으로 아들 알료
샤에게는 '한평생(целая жизнь)'으로 받아들여지고 있다. 인생이란 순간
이며 곧 영원이고, 영원인 동시에 순간인 것이다. 또 나름대로 다른 시
간을 가진 아들의 온전한 세계를 느끼며, 아버지는 아들의 장래를 상상
한다.

Так и ты уедешь когда-нибудь из отчего дома, и долго буд
ешь в отлучке, и так много увидишь, в каких землях побывае
шь, станешь совсем другим человеком, много добра и зла узна
ешь……

Но вот настанет время, ты вернешься в старый свой дом, во
т поднимаешься ты на крыльцо, и сердце твое забьется, в горл
е ты почувствуешь комок, и глаза у тебя защипет, и услышиш
ь ты трепетные шаги старой уже твоей матери, —а меня тогд
а, скорей всего, уж и не будет на этом свете, —и дом примет
тебя. Он обвеет тебя знакомыми со младенчества запахами, ком
наты его улыбнуться тебе, каждое окно будет манить тебя к с
ебе, в буфете звякнет любимая тобою прежде чашка, и часы ос
обенно звонко пробьют счастливый миг, и дом откроется перед
тобою: «Вот мой чердак, вот мои комнаты его, вот коридор, г

---

21) 스티븐 호킹, 현정준 譯, 『시간의 역사』(서울: 삼성출판사, 1992), pp.50-51
passim., pp.65-66passim.
상대성 이론은 시간의 절대성이라는 개념에 종지부를 찍은 셈이다. 마치 관측자
마다 그가 휴대하는 시계가 가리키는 그 자신의 시간을 가졌고, 서로 다른 관측
자가 휴대한 동일 구조의 시계가 서로 맞을 필요가 없는 것처럼 생각되는 것이
다…… 뉴턴의 운동 법칙은 공간 안의 절대적 위치란 개념을 없애버렸다. 상대성
이론은 절대적 시간도 없애버렸다…… 상대성 이론에서는 특별한 절대적 시간이
없고 관측자의 위치와 운동에 의지하는 개인적인 시간이 있을 뿐이다. |밑줄-
인용자|

де любил ты прятаться······ А помнишь ты эти обои, а видишь т
ы вбитый когда-тобой в стену гвоздь? Ах, я рад, что ты опять зд
есь, ничего,что ты теперь такой большой, прости меня, я рос давно,
когда строился, а теперь я просто живу, но я помню тебя, я люблю
тебя, поживи во мне, возвратись в свое дество!≫-вот что скажет
тебе твой дом. (312)

언젠가 때가 되면 너도 고향 집을 오랜 세월 떠나게 될 거야. 여러
곳에 가서 많은 것을 보고 전혀 다른 사람이 되겠지. 인생의 단맛과
쓴맛을 보게 될 테지······

하지만 때가 되어 옛집으로 돌아와 현관에 올라올 때, 너의 가슴
은 뛰고 목이 메고 눈이 시려올 거야. 이미 늙어버린 네 어미의 떨리
는 걸음 소리를 듣게 될 거란다. 아마, 그때쯤이면 나는 이 세상 사
람이 아닐 게야. 집도 너를 맞아 주겠지.

집은 어린 시절부터 익숙한 냄새로 너를 사로잡고, 방들은 너를
반기어 미소 짓고, 모든 창문들이 네게 오라고 손짓하고 부엌에서는
네가 좋아하던 찻잔이 소리를 내고, 시계는 행복한 순간을 더욱 우렁
찬 소리로 알리며 집이 네 앞에 펼쳐지겠지. "여기가 다락방이고, 여
기는 방들, 여긴 네가 곧잘 숨던 복도란다······ 이 벽지 기억나? 언젠
가 네가 벽에 박은 못이 보이니? 아, 나는 네가 다시 여기에 돌아와
주어 기쁘구나. 이제 네가 이렇게 컸지만 괜찮아. 난 지어졌을 때 이
미 다 자라 버렸어, 미안해. 이제 나는 그저 살고 있을 따름이지만 너
를 기억하고 사랑해. 어린 시절로 돌아와 내 안에서 살렴!" 너의 집은
이렇게 네게 말할 거야.

아버지의 상상 속에서 성장한 아들 알료샤는 길을 떠나고 세상을 통
해 인생을 배우고, 변화된 모습으로 다시 고향 집으로 돌아온다. 알료
샤가 집을 떠나 길로 향했던 것은 인생을 배우는 성숙의 과정이고, 집
으로 돌아오는 행위는 안정과 행복의 근거가 되는 예전과는 다른 공간
으로의 회귀를 의미한다.

까자꼬프의 작품세계에서 집은 다음과 같이 일정한 의미구조를 갖는다.

첫째, 빛과 온기의 상징적 이미지를 통하여 서정적으로 표현된다.
둘째, 인간의 행복과 안정의 근거 공간이다.
셋째, 모성애의 또 다른 표현이다.
넷째, 시간을 초월하여 세대를 이어주는 시간의 가교이다.

「길을 가다가」에서 스네기로프는 자아실현을 위하여 집을 떠나지만, 안정과 행복의 근거가 되는 집, 그리고 어머니에게 언젠가 돌아올 것이라는 믿음과 내적으로 연결되어 있음을 알 수 있다. 길을 떠났다가 되돌아올 알료샤를 맞이하는 것도 노모와 집이다. 「길을 가다가」에서 보았던 것처럼, 「촛불」에서도 집의 이미지는 어머니의 사랑과 긴밀하게 연결된다. 알료샤 어머니의 이미지는 바로 스네기로프 어머니와 동일하게 제시된다. 두 어머니는 길 떠난 아들을 인내와 사랑으로 기다리는 깊은 모성애를 보여준다. 알료샤를 맞이하는 집은 생명이 깃든 인격체로 의인화되고 있는데, 이것은 자연과 사물도 느끼고 생각한다는 작가의 세계관을 반영한다.

> Ты не думай, малыш, что дома и вещи, сделанные человеко
> м, ничего не знают и не помнят, что они не живут, не радую
> тся, не играют в восторге или не плачут от горя. Как все-так
> и мало знаем мы о них и как порою равнодушны к ним и даж
> е насмешливы: подумаешь, старье!(312)

> 애야! 사람이 만든 집과 물건들이 아무것도 모르고 기억하지
> 못하며, 즐거워하고 기쁨에 뛰놀지도 슬픔에 겨워 울지도 않고
> 또 살아 있지 않다고 생각하지 말아라. 우리는 집과 사물에 대하
> 여 잘 모르고 때로는 무관심하고 시큰둥하기까지 하지. 잘 생각

해 보렴, 옛것을!

이러한 작가의 세계관은 여러 작품에서 표출되는데 인간 및 자연, 나아가 주변의 사물까지 인격화한 것은 작가의 주변 세계에 관한 외경심과 겸손, 나아가 모든 것이 단일한 질서 속에서 내적으로 연결되어 있음을 보여준다.

화자의 상상 속에 아들 알료샤는 행복하다. 알료샤는 길을 떠날 수 있는 자유, 그리고 안정과 행복의 근거 공간인 집을 모두 갖고 있기 때문이다. 알료샤의 인생에서 집은 공간의 개념을 넘어 어머니의 사랑을 대변하며, 존재의 근원을 이루는 사랑과 행복, 안정감의 공간으로 제시된다. 화자인 아버지가 아들의 미래의 삶에서 길과 함께 집의 중요성을 강조하는 것은 아들에 대한 지극한 사랑의 발로이다. 아버지는 자신의 지난 인생을 돌아보며 그의 불행은 고향 집의 부재에서 비롯된다고 보았기 때문이다.

　　－Счастливый ты человек, Алеша, что есть у тебя дом! Вдруг неожиданно для самого себя сказал я.

　　－Это, малыш, понимаешь, хорошо, когда есть у тебя дом, в котором ты вырос. Это уж на всю жизнь······ Недаром есть такое выражение: отчий дом! <······>

　　Так вот, милый, у тебя－то есть дом, а у меня······ Не было никогда у меня отчего дома, малыш! А где я только не жил! В каких домах только не проходили мои дни······ <······>

　　И отовсюду приходилось мне уезжать, чтобы больше уж никогда туда не вернуться······ Горько это, сынок, горько, когда нету у тебя отчего дома! (310)

　　－넌 행복한 사람이야, 알료샤. 너에겐 집이 있으니까.－나도 모르게 갑자기 이런 말이 튀어나왔다.

-애야, 네가 자란 집이 있다는 것이 얼마나 좋은 건지 아니? 그
것은 평생 동안…… 고향 집이란 말이 괜히 있는 게 아니란다. <……>
　　그래, 사랑하는 아들아, 네겐 집이 있지만, 내게는…… 내겐 항
상 고향 집이 없었단다, 애야! 나는 아주 여러 곳을 돌아다니며
살았단다! 별의별 집에서 다 살아 보았지…… <……>
　　하지만 어디서나 다시는 돌아오지 않을 작정으로 떠나야 했지.
아들아, 고향 집이 없다는 것은 가슴 아픈 일이야, 슬픈 일이지.

　　젊은 시절에 수차례 길을 떠나 많은 경험을 쌓은 아버지는 떠나기만
하고 돌아갈 고향 집이 없다는 것이 괴로웠던 것이다. 떠남은 있으되
돌아옴이 없는 그의 인생은 행복할 수 없었다. 자유와 낭만, 경험을 위
한 길과 안정과 행복의 공간인 고향 집이 그의 인생에서 조화롭게 공
존할 수 없었던 것이 그의 불행이다. 삶의 토대요, 뿌리인 집의 부재는
시간이 흐를수록 그를 더욱 고독하게 만든다. 아들 알료샤를 사랑하는
아버지는 자신의 조화롭지 못한 삶이 반복되지 않기를 바라는 것이다.
이는 아들이 조화롭고 행복한 인생을 살았으면 하고 기원하는 부성애
의 표현이다. 아버지와 아들이 함께 머무는 행복한 집은 빛과 온기로
반복해서 표현된다.

　　Мы были с тобой одни в нашем большом, светлом и теплом доме.
(307) [밑줄－인용자]

　　크고 밝고 따뜻한 우리 집에 우리는 단 둘이 있었다.

　　А в общем, не беда, что темно! Ведь у нас с тобой есть те
плый дом и свет, и, вернувшись, мы растопим камин и станем
смотреть в огонь…… (309) [밑줄－인용자]

　　어두워도 괜찮아! 너와 내게는 따뜻하고 환한 집이 있으니까.

집에 돌아가 난로를 지피고 불을 쳐다보자꾸나……

단편 「촛불」에서 안정과 행복의 공간인 집은 이와 같이 빛과 온기의 이미지를 갖는다. 작품 전편을 통하여 강조되는 빛과 온기의 이미지는 전통적으로 문학에서 연구되는 집 공간의 상징적 의미와 일치한다. 가스통 바슐라르가 집에 대해 '인간에게 안정의 근거와 그 환상을 주는 이미지들의 집합체'[22]라고 내린 정의는 까자꼬프의 집에도 적용된다. 그러나 전통적인 집의 의미와 가치와 달리, 까자꼬프의 집은 서로 다른 시간을 이어주는 공간이라는 특성이 있다.

「촛불」에서 집은 앞서 고찰하였던 아버지와 아들의 두 세계, 서로 다른 두 시간 개념을 연결시키는 공간이 된다. 집을 통해 아버지와 아들은 더욱 친밀한 관계로 표현되기 때문이다.

현재 아들과 아버지는 세상을 바라보는 시각도 관심사도 다르다. 아버지는 우수에 차서 과거를 그리워하는데, 어린 아들 알료샤는 장난감 자동차를 가지고 즐거운 놀이에 흠뻑 빠져 있다. 알료샤는 놀이에 열중한 나머지 아버지의 마음의 변화를 알지 못한다.

그러나 집은 아버지의 과거, 아들의 미래 그리고 현재라는 시간을 긴밀하게 연결하는 '시간의 가교(мост сквозь время)'[23]이다. 집에서 아버지와 아들의 과거·현재·미래라는 시간은 공존하며 상호 작용한다. 바로 집이란 시간의 가교를 통하여 실의에 빠진 아버지가 어린 아들 알료샤로부터 위안을 얻는 것이다. 이러한 맥락에서 화자인 아버지는 슬픔에서 벗어나, 삶의 새로운 희망을 느끼게 된다. 아버지와 아들이라는 가장 친밀한 두 영혼의 대화에서 집은 시간을 초월하여 두 사람을 연결해 주는 정신적 공간이고, 만남의 실제 공간이면서 공동의 주거 공간으로 기능한다.[24]

---

22) G. 바슐라르, 곽광수 譯, Op. cit., p.132.
23) И.С.Кузьмичев,(Ленинград, 1986), с. 248.

아버지와 아들 두 사람은 현재 함께 집에 머물며 행복을 느낀다. 이들이 느끼는 안정감과 행복은 다시 집의 이미지를 상징하는 촛불로 확인된다. 여기에서 이 작품의 제목 「촛불」이 갖는 상징성이 분명해지는 것이다. 알료샤는 잠자리에 들기 전에 아버지와 촛불놀이를 즐긴다. 아버지와 아들이 자기 전에 마지막으로 함께하는 행복한 시간이다. 아버지와 아들은 촛불놀이를 통해 친밀한 관계를 확인한다.

－Све－е－ечечка!

   Озаренный свечой, ты сиял, светился, глаза твои, цвета весеннего неба, лучились, ушки пламенели, взлохмаченный пух белых волосиков нимбом окружал твою голову, и мне на миг показалось, что ты прозрачен, что не только спереди, но и сзади ты освещен свечой.

   －《Да ты сам свечечка!》－подумал я. (318) [밑줄－인용자]

－초－웃－불!

   촛불이 비춰진 너는 빛나고, 봄 하늘을 닮은 너의 눈동자는 반짝였으며, 귓볼은 빨갛게 달아오르고 후광으로 흐트러진 솜털 같은 하이얀 너의 머리카락은 너의 머리를 감싸고 있어, 순간 나는 네가 앞뒤가 촛불로 비춰진 채 투명한 듯 느꼈다.

   '그래, 네가 바로 촛불이로구나!'라고 나는 생각했다.

아버지는 이 작품의 서두에서 슬픔을 이기지 못해 죽고 싶다고 한다. 앞서 살핀 바와 같이, 집과 길이란 공간이 그의 삶에서 조화롭게 공존하지 못한 까닭에 그는 슬프고 괴로웠다. 스네기로프와 마찬가지로 그의 슬픔은 바로 고향 집의 부재에서 비롯된다. 집이란 공간을 통하여 그는 아들 알료샤와 영혼의 대화를 나누고 위안을 얻는데, 그는 이 과

---

24) Там же, c. 249.

정에서 알료샤가 바로 그의 인생의 촛불임을 깨닫는다. 이 작품의 제목
인 촛불은 빛과 온기의 이미지로 상징되는 집을 의미하고, 나아가 화자
인 아버지의 정신적 집이 사랑하는 아들임을 발견하는 것이다.

　화자는 '옛일을 기억하고, 너를 생각하며(и вспомнив этот давний сл
учай и думая о тебе)' 삶의 새로운 희망을 갖는다. 그 옛일은 기나긴
여행 중 지치고 외롭던 그가 멀리 보이는 불빛을 발견했을 때 느꼈던
기쁨이었다. 화자를 위로하는 그 불빛 역시 촛불과 마찬가지로 안정과
행복의 근거가 되는 집을 상징한다. 다음은 화자가 젊은 시절 여행 중
에 있었던 경험을 회상하는 장면으로 까자꼬프가 제시하는 집의 의미
를 확인할 수 있다.

　　Однажды я возвращался с охоты вечером, и была такая же ть
ма, как и сегодня, вдобавок еще дождь моросил, и я заблудился.
Отшагал за день я не меньше сорока километров, ружье и рюкз
ак казались мне до того тяжелым, что готов был бросить их.

　　Я уж потерял всякую надежду выйти к жилью, но не это м
еня угнетало, −хоть кругом на сотни километров были глухие
леса! −а угнетало то, что все было мокро, под ногами чавкало
и не было никакой возможности развести костер, отдохнуть и
обсушиться.

　　И вот далеко, как затухающая звезда в космосе, мелькнул м
не во тьме желтый огонек. Я пошел на него. Еще не зная, что
это−костер ли охтников, окошко ли лесного кордона, −я упор
но шел к этому огоньку, скрывавшемуся иногда за стволами де
ревьев и снова показывавшемуся, и мне сразу стало хорошо: во
образились какие−то люди, разговоры, тепло, свет, жизнь……
(318-319) [밑줄−인용자]

　오늘처럼 이렇게 칠흑같이 깜깜한데다 비까지 부슬부슬 내리던

어느 날 저녁 나는 사냥에서 돌아오다 그만 길을 잃고 말았다. 하루 종일 사십 킬로미터는 족히 될 거리를 걷다 보니 총과 배낭이 내던져버리고 싶을 만큼 무겁게 느껴졌다.

인가를 찾을 희망도 없어졌고 주위는 온통 수백 킬로미터 깊은 숲이었지만 그 때문에 힘든 것은 아니었다. 나를 괴롭힌 것은 주위가 온통 축축하고 발밑에서 철벅거리는 소리가 들려, 모닥불을 피우고 쉬며 말릴 수 없다는 것이었다.

그때 마치 우주에 고요히 지는 별처럼, 저 멀리 어둠 속에서 노란 불빛이 깜빡거렸다. 나는 불빛을 향해 걸어갔다. 사냥꾼들이 피운 모닥불인지, 산림 경비대의 창문인지 모른 채 나는 이따금씩 나무줄기 사이로 사라졌다 다시 나타나는 그 불빛을 열심히 따라갔다. 사람들, 대화, 따뜻함, 빛, 삶 등이 떠오르면서 이내 기분이 좋아졌다.

화자는 깊은 숲 속에서 길을 잃자 실의에 빠진다. 비 오는 어두운 밤 깊은 숲 속에 홀로 있어 외롭고 답답하던 그 순간에 그를 위로하는 것은 별[25]처럼 반짝이는 어둠 속의 불빛이다. 그 불빛이 어떤 빛인지는 알 수 없으나, 그곳에 사람이 있을 것이란 사실과 그들과의 대화와 인간관계가 그에게 위안과 평화를 약속하는 것이다. 그 불빛은 인간관계의 근원이 될 공간을 상징하고 있다. 그것이 어떤 빛이든 상관없이 그곳에는 사람들이 있고 그가 위로받을 수 있는 곳이기 때문이다. 그의 내면에서 그 불빛은 "사람들, 대화, 따뜻함, 빛, 삶(люди, разговоры, тепло, свет, жизнь)" 등과 긴밀하게 연결되어 있음을 볼 수 있다. 결국 실의에 빠진 그를 위로하는 것도 역시 집이란 공간이다. 집은 시간을 초월하여 세대를 연결하는 인간관계의 근원적 공간인 것이다. 아버지는

---

25) 별빛은 「못생긴 여자」에서 살펴보았던 바와 같이 까자꼬프의 작품에서 심안(心眼)의 상징이라는 특별한 의미를 갖는다. 「못생긴 여자」의 소냐는 별빛을 통해 세상의 아름다움을 느끼며 위안을 찾는데, 「촛불」의 화자 역시 별빛과 유사한 빛을 발견하고 희망을 되찾는다. 본 논문의 90-92쪽 참조.

집이란 공간을 중심으로 시간의 경계를 넘어 아들과 정신적 교감을 하고 위안을 얻는다.

이때 불빛을 따라 사람들에게 향하는 길과, 아들과 아버지 두 사람의 비밀스런 관계는 세상 모든 인간관계의 근원이자 출발이다. 이와 같이 집을 상징하는 두 불빛은 화자가 느끼는 고독의 아픔을 위로하였던 것이다.[26]

까자꼬프는 현대인의 소외와 고독의 문제가 두 가지 층위에서 해결될 수 있다고 보았다. 즉, 남녀관계에서 파생하는 소외와 고독은 이기적 개인주의의 극복을 통하여, 또한 아버지와 아들이라는 세대 간의 소외와 고독은 순환하는 자연의 이치를 수용할 때 극복될 수 있다고 여겼다. 여기에서 자연은 등장인물이 개인주의를 극복하고 자연의 순리를 수용하여 보편적 진리를 깨달을 수 있도록 돕는다.

2. 무관심과 권태

소외와 고독과 함께 인간의 삶 속에 존재하는 무관심과 권태라는 문제는 까자꼬프의 여러 작품에서 깊이 있게 다루어진다. 특히 작가는 남녀 간의 만남과 이별을 통하여 드러나는 인간의 본성을 여러 각도에서 조망하고 있으며, 남녀관계에서 파생하는 무관심과 권태라는 감정의 미묘한 변화를 관찰하고 또 그것의 극복 과정을 제시한다.

---

26) Л. Михайлова, "Юрий Казаков 《Свечечка》," *Литературное обозрение*, н. 4, (1975), с. 25.

까자꼬프가 인간이 일상의 삶에서 극복해야 할 정신적 문제로 제기하는 무관심과 권태의 문제는 「간이역에서」, 「도시로」, 「섬에서」, 「뜨랄리 발리」, 「테디」 등의 작품에서 본격적으로 다루어지고 있다. 「간이역에서」, 「도시로」, 「섬에서」, 「뜨랄리 발리」에서는 두 남녀가 체험하는 무관심의 문제, 「테디」에서는 본성 상실에 의한 권태와 무관심이 제시된다. 「간이역에서」, 「도시로」 두 작품에서는 무관심과 권태의 문제가 제기되고, 「섬에서」, 「뜨랄리 발리」, 「테디」 등의 작품에서는 등장인물들이 그들의 권태와 무관심이라는 심리적 문제를 극복하고 새로운 삶을 개척해 가는 과정까지 제시한다.

본 연구에서는 「간이역에서」, 「도시로」, 「섬에서」, 「뜨랄리 발리」 등의 작품을 통하여 제시되는 무관심과 권태라는 삶의 문제와 그 극복의 과정을 고찰하고자 한다.

까자꼬프의 초기 여러 작품에서 남녀 간의 사랑은 주요한 테마로 다루어진다.27) 그중에서 「간이역에서」, 「도시로」 두 작품은 등장인물의 정신적 문제 극복 과정이 작품 내에서 밝혀지지 않는다는 것 이외에도, 등장인물이 도시로 향해 출발하는 길 위에 존재한다는 공통점을 갖는다. 또한, 두 주인공은 모두 도시의 삶에 대한 환상을 갖고 도시로 향하며, 그 과정에서 그들은 연인 또는 반려자에게 냉정하고 무관심하다. 「간이역에서」, 「도시로」 두 작품에서 도시는 무관심과 이기심, 허영심을 반영하는 공간의 이미지를 갖는다.

5쪽짜리 짧은 단편인 「간이역에서」는 두 남녀가 이별하는 장면으로 이루어진다. 여기서 간이역은 남자 주인공이 무관심하게 바라보는 소녀의 모습을 상징한다. 청년은 한때 사랑했던 소녀를 룬단까(Лунданка)라는 간이역에 혼자 버려두고 그의 이상향인 도시로 떠난다.

청년의 이름은 바샤(Вася)인데, 소녀의 이름은 작품 내에서 제시되지

---

27) Samuel F. Orth., "Jurii Kazakov's ADAM I EVA: Love and Isolation," *Russian Language Journal*, No. 118. (1980)

않고, 단지 소녀 또는 아가씨를 의미하는 'девушка'라고 지칭될 뿐이다. 청년 바샤는 소녀에게 무관심하고 자신의 이상과 행복에 몰두한다. 소녀의 이름이 제시되지 않는 것은 바샤의 무관심한 내면을 확인시키는 까자꼬프의 문학적 장치이다. 「저기 개가 달려가네요!」에서 끄리모프와 아가씨(девушка)의 관계에서와 동일하게 「간이역에서」도 바샤와 소녀의 관계는 남자의 무관심과 폐쇄성으로 더 이상 유지되지 못한다.

기차의 도착을 기다리며 간이역에서 두 남녀가 나누는 대화를 묘사하는 동사를 정리하면 두 인물의 관계와 그들의 내면 변화를 아래의 <표-2>와 같이 확인할 수 있다. 바샤와 소녀가 나누는 대화를 표현하는 동사는 일정한 규칙을 따라 커지거나 작아지고 있어 음악적 요소로 작용하고 있다.

〈표-2〉

인 물	청년(Вася)	소녀(Девушка)
시간 경과 에 따른 동사	заговорил вдруг(갑자기 말을 꺼냈다)	тихо спросила(조용히 물었다)
	проговорил(불평했다)	говорила путаясь и торопясь (당황해하며 서둘러 말했다)
	сказал(말했다)	быстро сказала(재빨리 말했다)
	тяжело проговорил(힘겹게 말했다)	шептала(속삭였다)
	неохотно и испуганно говорил (마지못해 놀란 듯 말했다)	шептала(속삭였다)
	хмуро бормотал(침울하게 중얼거렸다)	закричала(큰소리로 외쳤다)
	буркнул (분명치 않게 말했다)	
	пробортал (웅얼거렸다)	

청년 바샤는 힘차고 당당한 목소리로 이야기를 시작하지만, 기차의 출발 순간이 다가올수록 목소리가 작아지고 자신감을 잃어간다. 반면, 소녀(девушка)는 조용한 목소리로 이야기를 시작하지만, 그 목소리는

점층적으로 강화된다. 이렇듯 청년의 목소리는 점강 곡선을, 소녀의 목소리는 점층 곡선을 이루고 있음을 알 수 있다. 이별을 앞둔 두 남녀의 목소리는 일정한 규칙 속에 반복해서 제시되어 완결된 청각적 이미지를 형성한다.

　농촌 출신의 역도 선수인 청년은 더 이상 소녀를 사랑하지 않으며 자신의 꿈을 펼치기 위하여 도시로 향한다. 그러나 우유부단한 성격의 소유자인 그는 소녀에게 돌아올 것이라고 거짓 약속을 한다. 도시의 화려한 삶을 꿈꾸며 떠나는 청년은 활기찬 모습을 보인다. 청년의 즐겁고 활기찬 내면은 그의 목소리를 통해 표현되고 있다. 그러나 청년은 자신의 거짓 약속을 의식하고 또 남겨질 소녀에 대한 연민으로 심리적 혼란을 느끼는데 이와 같은 그의 내면 변화는 작아지는 그의 목소리로 전달된다.

　사랑하는 사람과의 이별을 앞두고 슬픔에 지친 소녀의 목소리는 힘이 없고 조용하다. 그러나 이별의 순간이 다가올수록 소녀는 더욱 애절해지다 못해 마침내 큰소리를 내기에 이른다. 사랑하는 청년의 성공을 기원하고, 또 그에게 돌아오겠다는 마지막 약속을 받기 위하여 소녀의 목소리는 더욱 강렬하게 표현된다. 이와 같이, 청년과 소녀의 목소리가 창출하는 점강 곡선과 점층 곡선은 서로 합치될 수 없는 두 사람의 운명을 반영한다.

　두 사람의 불행은 바로 청년 바샤가 소녀에게 무관심하다는 데서 비롯된다. 청년은 자신의 재능을 펼칠 수 있는 도시로 영원히 떠나고, 기다리겠다는 소녀에게 큰 의미를 두지 않는다. 청년의 인생에서 소녀는 겨우 기차가 이 분간 정차하고 떠나는 볼품없는 간이역과 동일시된다. 청년 바샤의 삶과 소녀의 관계는 작품 스토리 전개와 무관한 제3의 인물인 승객의 시선을 통해 다시 한번 확인되고 있다.

　　Наконец ему удалось открыть окно, он сейчас же высунулся,

оглядывая с близорукой улыбкой полустанок, увидел девушку,
еще шире улыбнулся и слабо закричал:

– Девушка, это какая станция?

– Лунданка, –сипло сказал проводник.

– Базар есть? –спросил человек в пижаме, по прежнему гля
дя на девушку.

-Нету базара, -опять отозвался проводник. -Две минуты стоим.

– Как же так? –изумился пассажир, все еще глядя на деву
шку. (39) [밑줄–인용자]

마침내 그는 창문을 열고 몸을 쑥 내밀어 근시인 듯한 웃음을
지으며, 간이역을 둘러보다 소녀를 발견하고는 더 활짝 웃으며
맥없이 소리쳤다.

"아가씨, 여기가 무슨 역인가요?"

"룬단까입니다." 쉰 목소리로 차장이 대답했다.

"시장은 있나요?" 잠옷 차림의 그 사람은 계속 소녀를 바라보
며 물었다.

"시장은 없소" 또다시 차장이 대답했다. "이 분간 정차하겠습니다."

"어떻게 그럴 수가 있소?" 계속 소녀를 주시하며 승객은 놀랐다.

작품 전체에서 이 승객은 이 장면에 단 한 번 등장할 뿐이다. 승객
은 잠옷 차림이고 여독으로 지쳐 있다. 긴 여행에 지쳐 권태로운 그는
저속한 호기심을 보이며 소녀를 바라본다. 바로 이 승객의 시선 속에서
소녀의 이미지는 간이역과 동일시[28]되는 것이다. 그는 간이역을 둘러보
다 소녀를 발견(оглядывая полустанок, увидел девушку)한다. 또한, 그

---

28) 김화영 편역, 『소설이란 무엇인가』, 문학사상사, p.171.
  김화영은 현대소설에 있어서 자연과 인물 사이의 동일화를 보여주는 예는 많은데,
  이때 풍경은 단순히 인간의 정신상태와 심정만이 아니라 풍경을 바라보거나 상상하
  는 인간의 무의식적인 삶도 조명해 준다고 보았다. 이 장면에서 간이역과 소녀의 형
  상은 간이역과 다양한 층위에서 동일시되어 청년 바샤의 무의식을 효과적으로 드러
  내주고 있다.

의 시선이 소녀에게 고정되어 소녀가 갖는 간이역으로서의 상징적 의미를 강화시킨다. 더욱이 승객이 소녀를 바라보며 질문을 하는데 갑작스럽게 등장하는 기차의 차장이 대답한다는 사실 역시 정교하게 짜여진 까자꼬프의 문학적 장치이다. 소녀는 슬픔으로 대답할 여유가 없을 뿐 아니라, 대답할 기회조차 갖지 못한다. 소녀는 이렇듯 삶의 중심에 설 수 없는 수동적 형상으로 제시된다.

승객은 시선을 소녀에게 고정시킨 채, 청각을 통해 간이역에 대한 정보를 얻고 있다. 간이역과 소녀를 동시에 바라봄으로써 그의 시선에서 동일시된 간이역과 소녀는 그의 청각과 시각을 통해 동시에 인식됨으로써 더욱더 확고히 동일시된다. 까자꼬프는 이미지 서술을 통해 인유(allusion)를 도입하여 소녀와 간이역과의 내밀한 관계를 암시한다.

소녀는 사랑하는 청년 바샤를 머나먼 도시로 기약 없이 떠나보낸다. 영원한 이별을 선언하고 떠나는 바샤를 태운 기차는 점점 멀리 사라져 간다. 이때 소녀의 내면은 하늘에 투사되어 표현됨으로써 바샤와 소녀의 관계가 다시 한번 확인되고 강조된다.

Тогда она подняла к низкому равнодушному небу, стянула лиц о платок и завыла по-бабьи, качаясь, будуто пьяная: Уеха-а-а л……! (41) [밑줄-인용자]

그때 그녀는 낮고 무심한 하늘을 향해 고개를 들고 아낙처럼 머릿수건을 묶고 마치 취한 듯 비틀거리며 울부짖었다. "가-버-렸어……!"

사랑하는 사람의 무심함으로 고통을 겪는 소녀의 내면이 하늘로 투사되어 '무심한 하늘(равнодушное небо)'로 표현된다. 무관심 문제라는 작품의 주제가 소녀의 마지막 모습을 통하여 강조된다.

단편 「간이역에서」는 이렇게 청년 바샤가 소녀의 배웅을 받으며 간이역을 떠나 도시로 향하는 장면에서 마무리된다. 바샤가 도시로 향하는 과정과 그 이후의 행적은 언급되지 않으나, 그의 인생행로에서 간이역처럼 지나쳤던 소녀의 사랑과 자신의 무심함을 되돌아볼 가능성을 배제할 수는 없다. 왜냐하면, 바샤는 이제 길을 떠나고 있으며, 까자꼬프 문학세계에서 길은 자신과 자신의 삶을 성찰할 기회를 제공하는 장소로 기능하기 때문이다.

「도시로」에서도 「간이역에서」와 마찬가지로 도시의 삶에 대한 환상을 갖고 도시로 향하는 남편을 볼 수 있다. 아내에 대한 남편의 태도는 무관심의 정도를 넘어 잔인하기까지 하다. 쉰다섯 살의 목수 까마닌(Василий Каманин)은 도시로 가기 위해 병든 아내 아꿀리나(Акулина)를 희생시키기 때문이다. 그는 오랫동안 농촌을 떠나 도시로 이주하길 바라고 있었다.

> Жену Акулину Василий не любил давно. Еще до войны попал он как-то по вербовке на большое строительство, проработал там все лето, и с тех пор мысль переехать жить в город уже не покидал его.
> Каждый год по осени, когда было мало работы, его забирала вдруг тоска, он делался равнодушен ко всему, подолгу лежал на дворе, закрыл глаза, и думал о городской жизни, жизнь городскую-парки, рестораны, кинотеатры и стадионы-любил до того, что и сны ему снились только про город. (189) [밑줄-인용자]

바실리가 아내 아꿀리나를 사랑하지 않게 된 것은 이미 오래된 일이다. 전쟁 전에 그는 어찌 어찌하여 추첨을 통해 대단위 건설공사에 참여하게 되어 그해 여름 내내 그곳에서 일했는데, 그 후로 도시로 이사 가야겠다는 생각이 그의 뇌리를 떠나지 않았다. 해마다 가을이 되어 한가해지면, 그는 갑자기 울적해져 모든

<u>것에 무심해지고</u> 한참 동안 마당에 누워 두 눈을 감은 채 도회지의 삶을 생각하였다. 공원, 고급 식당, 영화관, 경기장 등이 있는 도회지의 삶을 너무나 좋아한 나머지 꿈을 꿔도 온통 도시에 관한 것뿐이었다.

바실리 까마닌이 꿈꾸는 도시 생활은 지극히 피상적인 것이다. 도시 생활의 이면을 현실적으로 파악하고 있지 않다는 사실이 상기 인용문에서 드러나고 있다. 그는 도시에 관한 환상을 갖게 될수록 현재 삶과 주변 사람들에 대하여 무관심한 태도를 보인다. 또한 화자가 단정적으로 서술하고 있는 바와 같이, 이미 사랑하지 않는 아내 아꿀리나에 대해서도 마찬가지이다.

바실리 까마닌은 도시로 이사 가기를 원하지만, 집단 농장을 떠날 수 있다는 상부의 허가를 받는 것이 쉽지 않다. 이때 그는 병들어 죽어 가는 아내를 도시의 병원에 데려간다는 구실로 상부의 허락을 받는다. 아내 아꿀리나의 유일한 소원이 고향에서 죽고 묻히는 것임을 알면서도 그는 그 사실을 외면한 채 행동한다.

> Думал он, что жена скоро помрет, надо будет делать гроб и что лучше заранее раздобываться хорошими досками. Барана придется резать, а то и двух на поминки, родни припрет, пожрать любят······
>
> Потом он стал думать, кому и за сколько продать дом и хозяйство и куда поехать. На первое время можно бы в Смоленск, к старшей дочери, а там видно будет. Денег у него, слава богу, соберется, можно будет в городе какой домишко присмотреть. (191)

아내가 죽을 날이 멀지 않았고, 관을 만들어야 하는데 미리 좋은 나무판을 마련하는 편이 좋겠다고 생각하였다. 추도식에 쓰려면 양 두 마리는 잡아야 할 것이다. 친척들은 많이들 먹으니까······

그리고 그는 집과 재산을 누구에게 얼마나 받고 팔아야 하고
또 어디로 갈 것인지를 생각하기 시작했다. 우선 스몰렌스크에
있는 큰딸에게 갈 수 있고 거기 가면 모든 것이 분명해질 것이
다. 다행히 돈이 잘 모아지면, 도시에서 쓸만한 집을 찾을 수 있
을지도 모른다.

아직 아내 아꿀리나는 죽지 않았다. 아내는 하루가 다르게 쇠약해지
고 고통스러워한다. 그러나 바실리 까마닌은 아내의 고통이나 바람에는
무관심하고, 오로지 어떻게 해서든 친척들의 비난을 피해 어서 집단 농
장의 생활을 정리하여 도시로 갈 생각뿐이다. 아내가 죽기도 전에 추도
식을 서두르는 것 역시 자신의 사회적 체면 유지와 신속한 이사를 위
해서이다.

드디어 바실리 까마닌은 병든 아내를 데리고 도시로 떠나는데, 이
장면에서 부부의 모습이 대조적으로 묘사되며 단편은 종결된다. 바실리
까마닌의 무심함은 극도의 이기심으로 치닫고 있다.

Одного она хотела: умереть дома, на родине, и чтобы похор
онили на своем кладбище.

Женщины, случившиеся в эту минуту на улице, останивлива
лись и, молча глядя на нее, кланялись. Акулина улыбалась скво
зь слезы напряженной стыдливой улыбкой и тоже кланялась-
охотно, низко, едва не касаясь головой грядки телеги.

Василий же все понукал лошадь. Красное лицо его было нап
ряженно-ожидающим и радостным. Он думал о том, как, сдав
жену в больницу, поедет на базар, продаст барана, заедет к ро
дне и поедет потом в привокзальный ресторан.

Он будет сидеть там и пить легкое вино, глядя в окно на п
роходящие поезда. Ему будут прислуживать официаники в белы
х передничках и наколках, будет играть оркестр, будет пахнут

ь едой и дымом хороших папирос.

И там уж он, посоветовавшись с родней, решит, как ему бы ть дальше, как ловчее уехать из колхоза в город и подороже п родать дом и все хозяйство. (197) [밑줄 – 인용자]

<u>그녀가 바라는 것은 단 한 가지였다. 고향 집에서 눈을 감고 무덤에 묻히는 것이다.</u>

그때 거리에서 마주친 아낙네들은 멈추어 서서 말없이 아꿀리나를 바라보고 고개 숙여 인사를 하였다. 아꿀리나는 눈물을 흘리며 긴장한 듯 수줍은 미소를 지어 보이면서 머리가 짐마차의 횡목에 닿을 만큼 고개 숙여 기꺼이 인사를 하였다.

바실리는 계속 말을 몰았다. <u>그의 얼굴은 기대와 기쁨에 부풀어 상기되었다.</u> 그는 아내를 병원에 맡기고 시장에 가 양고기를 팔아 친척 집에 들른 다음 역전(驛前) 식당에 갈 궁리를 하고 있었다.

그는 식당에 앉아 창밖으로 지나가는 기차를 바라보며 생맥주를 마실 것이다. 흰 앞치마를 두르고 레이스로 머리장식을 한 여자 종업원들이 서빙할 것이고, 오케스트라가 연주되고 맛있는 음식과 좋은 담배 냄새가 풍길 것이다.

그리고 친척들과 상의하여 이제 그가 어떻게 할지, 어떻게 집단 농장에서 빠져나와 도시로 가고, 좀 더 비싸게 집과 재산을 처분할 것인지를 결정할 것이다.

이 장면에서 아내에 대한 바실리 까마닌의 무관심은 정점에 이른다. 아내는 고향 집에서 죽을 희망조차 잃은 채 동네 아낙들과 이승에서의 마지막 인사를 정중하게 나누고 있다. 아꿀리나와 동네 아낙들의 마지막 작별 인사는 장례식과 같은 엄숙한 분위기에서 이루어진다. 그러나 까마닌은 반평생을 함께 살아온 아내의 슬픔에는 무관심하고 오로지 새로운 도회지 생활에만 몰두하고 있는 것이다. 아꿀리나의 처절한 슬픔과 바실리 까마닌의 기쁨은 극적인 대조를 이룬다. 바샤도 역시 도시 생활에 대한 환상을 갖고 소녀에게 무관심했었고, 「저기 개가 달려가네요!」의 끄리모프는 자신의 휴가에만 몰두한 채 옆 좌석의 여성에게 무관심했었다. 까마닌, 바샤, 끄리모프 세 인물의 공통점은 모두 이기적 목적을 추구하는 과정에서 개인주의적 성향이 강해지고 무관심해진다는 것이다.

까마닌 부부를 수식하는 공통의 어휘는 바로 '긴장감(напряженность)'이다. 두 사람은 모두 지금까지의 삶을 정리하고 새로운 길로 들어선다는 점에서 심리적으로 긴장하고 있는 것이다. 아꿀리나의 긴장감은 고향 집에서 죽음을 맞을 수 없다는 불안감을 반영한 것이고, 바실리 까마닌의 그것은 도회지의 새 삶에 대한 강한 기대감에서 비롯된다. 「간이역에서」의 청년 바샤와 마찬가지로 바실리 까마닌도 무관심한 자신의 태도를 반성하지는 않는다. 그러나 그가 이제 길을 떠나고 도회지의 피상적 생활을 사랑하고 있음이 강조되는 것으로 미루어 볼 때, 그가 길을 가는 과정에 자신의 내면을 되돌아볼 가능성을 배제할 수는 없다. 「간이역에서」, 「도시로」 두 작품에서 바샤와 바실리 까마닌이 그들의 여정을 통하여 무관심한 태도를 뉘우치며 자아성찰을 경험할 가능성이 있다는 필자의 주장은 삶에 대한 성찰의 공간으로 제시되는 「섬에서」, 「뜨랄리 발리」, 「테디」, 「저기 개가 달려가네요!」 등의 작품을 근거로 한다. 「간이역에서」와 「도시로」의 두 작품에서 주인공이 바야흐로 길을 떠나는 것과 대조적으로, 상기 네 작품의 등장인물들은 길을 가는 과정에서 나름대로 자신의 삶과 내면을 되돌아보는 자아성찰의 과정을 경험하고 있기 때문이다. 이제 「섬에서」, 「뜨랄리 발리」, 「테디」 등의 작품을 중심으로 등장인물들의 권태와 무관심 그리고 그 극복의 과정을 고찰해 보자.

단편 「섬에서」는 제목에서 보여주듯 섬이라는 제한된 공간이 두 남녀의 만남과 이별에서 중요한 요소로 작용한다. 서른다섯 살의 감독관(ревизор) 자바빈(Забавин)은 업무상 북부로 출장을 자주 갔고, 이번에도 작은 섬으로 출장을 가게 된다. 자바빈은 잦은 출장과 일상 업무에 지쳐 주위 풍경에 무관심하고 권태를 느낀다. 그는 이미 두 아이의 아버지로 남부럽지 않은 가정의 가장이고, 직장에서도 안정된 위치에 있다. 그는 자신의 삶에 더 이상 새로울 것이 없다고 여기고, 이제 그의 나이 겨우 서른다섯임에도 불구하고 이미 삶과 주변 세계에 대해 권태를 느끼는 것이다.

> Чем больше ездил Забавин по северу, тем привычней и скуч нее ему становилось, и он даже перестал замечать красоту мра чных скал, красоту моря и северной природы, хоть когда−то о чень все это любил. И теперь, в карбасе, раздраженный, злой, небритый, он не обращал внимание ни на странные очертания острова, похожего на сгорбившегося, уткнувшегося в воду звер я, ни на темно−зеленые камни под водой, ни на веселые разго воры вокруг, а хотел только скорее очутиться на берегу, в теп лой комнате. (76) [밑줄−인용자]

북부 출장이 되풀이될수록 그는 모든 것이 일상적이며 무료하게 느껴졌다. 그는 더 이상 기암괴석(奇巖怪石)의 절경과 바다와 북부 자연의 아름다움을 느끼지 못한다. 한때는 무척이나 좋아했었는데. 지금 대형 범선에서 면도도 하지 않고 초조하며 심기가 불편한 그는 마치 바닷물에 몸을 구부려 밀어 넣고 있는 짐승과 같은 섬의 신비로운 윤곽에도, 물속의 검푸른 돌에도, 주위의 유쾌한 대화에도 관심을 기울이지 않았고, 마음은 벌써 해변가의 따뜻한 방으로 달려가고 있었다.

상기 인용문에서 자바빈이 느끼는 권태는 크게 세 가지 표현으로 요약된다.

첫째, 이전처럼 아름다움을 느낄 수 없다.

둘째, 더 이상 주위에 관심을 기울이지 않는다.

셋째, 자신의 외모에 신경을 쓰지 않는다.

일상 업무에 지쳐 권태로움을 느끼는 자바빈이 원하는 것은 오직 '따뜻한 방에서(В теплой комнате)'의 휴식이었다. 섬에 도착하자마자 업무에 임하는 자바빈의 태도는 차갑고 예의바르며 사무적(холоден, вежливый и деловит)이다. 자바빈은 최소한의 의무를 실행하고 있을 뿐이고, 그 외에는 모든 것에 무관심하다. 이러한 심리 상태는 「저기 개가 달려가네요!」의 끄리모프가 사흘간의 행복을 꿈꾸며 보여주던 주위에 대한 무관심과 유사성을 갖는데, 끄리모프가 자신의 구체적 목적에 몰두하여 무관심한 것과 달리, 자바빈은 권태에 의해 무관심하다는 변별성을 갖는다.

А Забавин чувствовал на себе откровенные жадные взгляды молоды х работниц и делался все холоднее и вежливее. (78) [밑줄-인용자]

자바빈은 젊은 일꾼들이 자신을 향해 보내는 노골적인, 호기심 어린 눈길을 느꼈고, 그러자 더욱 냉담하고 깍듯한 태도를 취했다.

자바빈은 외부세계(внешний мир)와 철저하게 단절된 모습 곧, 소외된 모습을 보여주고 있다.29) 주위의 풍경에서 아무런 감동을 느끼지 못하는 자바빈은 주위 사람들에게도 마찬가지로 메마르고 딱딱한 태도를 보인다. 이러한 태도를 통해 그는 결국 자신을 외부로부터 철저히 소외시키고 있었던 것이다.

이러한 자바빈에게 내적 갈등을 불러일으키는 사건이 전개되는데 그것은 우연한 묘지 방문이었다. 그가 묘지를 다녀온 후 겪는 심적 동요

---

29) Е. Ш. Галимова, 앞의 책, c. 32.

를 까자꼬프는 그가 자연을 새롭게 바라보게 되었다는 점으로부터 서술하고 있다. 묘지를 다녀 온 후 그는 이상한 감정에 사로잡힌다. 자바빈은 무관심과 권태에서 벗어나 주변에 대해 새로운 관심과 아름다움을 느끼게 된다.

> Он заметил впервые, как красиво море, как горит оно и туманится под солнцем. (78) [밑줄-인용자]

> 그는 바다가 얼마나 아름다운지, 태양 빛에 얼마나 아름답게 타오르며 또 물안개는 얼마나 자욱이 끼는지를 처음으로 깨달았다.

> После того как побывал Забавин на кладбище, у него зародилось странное чувство к этому острову. Смотритель маяка, живший и умерший сто лет назад, когда здесь, наверное, было еще мрачнее, не выходил у него из головы.
> И от тумана, от диких воплей ревуна, от вида неподвижных коз ему стало не по себе, хотелось разговора, людей, музыки. Он скоро собрался и пошел на метеостанцию, настороженно оглядываясь, с трудом находя дорогу в тумане и наступающих ранних осенних сумерках. (79) [밑줄-인용자]

> 우연히 묘지에 들른 후 자바빈은 이 섬에 대해 이상한 느낌이 들기 시작하였다. 지금보다 훨씬 음울했을 이곳에서 백 년 전 살다 간 등대지기가 그의 뇌리를 떠나지 않았다.
> 안개도, 배의 거친 경적 소리도, 자리를 떠날 줄 모르는 산양 무리도 싫증나고, 누군가와 이야기를 나누고 싶었고 사람들과 음악이 그리워졌다. 자바빈은 서둘러 채비를 하고, 때 이른 가을 석양과 안개 속에서 조심스레 둘러보며 어렵사리 길을 찾아 기상대로 향했다.

죽음을 상징하는 묘지를 다녀온 후 자바빈은 이미 백 년 전에 세상을 떠난 등대지기를 생각하며 자신의 삶과 죽음을 생각하게 된다. 그는 묘지 앞에서 삶의 유한성을 확인하고 다시금 인간을 향한 애정을 되찾는다. 인간에 대한 무관심이 그리움으로 전환되고 있는 것이다. 우연한 묘지 방문이 삶에 대해 다시 생각하는 기회가 되었고, 그러던 차에 만난 아브구스따(Августа)에게서 새로운 삶의 의욕을 느끼게 된다.

자바빈은 아르한겔스크에 전보를 치기 위하여 기상대로 갔다가 그곳의 젊은 여성 책임자인 아브구스따를 만나게 된다. 이 만남에서 자바빈의 우연한 묘지 방문과 가을이란 시간 배경은 그의 내면 변화를 일으키는 중요한 요소가 된다. 자바빈은 묘지 방문으로 삶의 유한함을 느끼며 삶과 사람들의 소중함을 새로이 느낄 수 있게 되었다. 가을은 자바빈이 청춘을 이미 보냈고 노년을 앞두고 있음을 일깨우는 요소이기 때문이다. 더욱이 가을에 '아브구스따'라는 '8월'을 뜻하는 독특한 이름의 여성을 만나는데, 그녀의 이름은 이미 되돌릴 수 없는 그의 젊음을 상징한다. 가을이란 계절, 즉 중년을 바라보는 나이의 자바빈이 아브구스따에게 사랑을 느끼는 것은 지나간 청춘에 대한 향수이다. 이미 지난 계절을 향한 사랑, 즉 아브구스따를 향한 사랑은 그 출발부터 이루어질 수 없는 사랑이란 점이 암시되고 있는 것이다.

묘지를 다녀오고 나서 자바빈은 권태감에서 벗어나 사람을 그리워할 수 있게 된다. 이와 같은 그의 내면은 아브구스따와의 짧은 만남을 정신적 만남으로 승화시킬 수 있도록 준비된다. 정신적 각성이 선행되어야 인간은 주변 사람들의 관심을 제대로 바라볼 수 있게 된다.[30]

이와 같은 자바빈의 내면 상태는 「저기 개가 달려가네요!」의 끄리모프와 매우 대조적이다. 두 사람 모두 일상생활에 지쳐 주변에 관심이 없으나, 자바빈은 묘지 방문이란 사건을 통해 자신을 돌아보고 삶에 대

---

30) Н. А. Черкулина, "Проблема героя……," с. 79.

해 사색할 기회를 갖는다는 점에서 끄리모프와 다르다. 자바빈과 같은 사색의 기회를 갖지 못했던 끄리모프는 동행하는 젊은 여성과의 만남을 정신적 만남으로 발전시킬 수 없었다.

또한 출장이란 제한된 시간과 섬이라는 제한된 공간 역시 자바빈과 아브구스따의 내면적 거리를 좁히는 데 기여한다.

섬은 의식적인 자아의 무의식(바다로 상징되는)에 대한 관계를 상징하는데, 이 작품에서는 자바빈의 자아성찰을 상징적으로 표현하는 요소이다.31) 자바빈이 섬 여행을 통하여 무의식에 가려진 자아를 의식 수준으로 끌어올리는 것이 바로 그의 자아성찰의 과정이 되는 것이다.

자바빈은 기상대에서 이루어지는 첫 만남에서 작은 체구의 차분하고 부드러운 성격의 아브구스따를 사랑하게 된다.

> Начальником метеостанции оказалась девушка лет двадцати пяти, с редким именем—Августа. Она была маленькая, с тоненькими ножками, коротко пострижена и от этого с особенно нежной, слабой шейкой, с круглым смуглым личиком и большим, мохнатыми от ресницы глазами.
>
> Все на острове звали ее просто Густей. Когда она улыбалась, щеки ее вспыхивали слабым румянцем, тотчас розовели и маленькие уши. При взгляде на нее Забавину стало щекотно на душе, захотелось обнять ее, погладить короткие пушистые волосы, ощутить на шее у себя ее теплое дыхание. (79–80) [밑줄—인용자]

기상대의 책임자는 아브구스따라는 흔치 않은 이름으로 스물다섯 살가량 되는 젊은 여성이었다. 가느다란 다리에, 둥글고 가무잡잡한 작은 얼굴, 숱 많은 속눈썹과 커다란 눈, 머리를 짧게 잘라 목이 유난히 가늘고 연약해 보이는 자그마한

---

31) 에릭 에크로이드, 김병준 譯, 앞의 책, p.256.

체구의 여성이었다.

　섬사람들은 그녀를 그냥 구스쨔라고 불렀다. 그녀가 미소 지을 때면, 볼이 살포시 발그레 물들었는데, 이때 자그마한 양쪽 귀도 붉어졌다. 그녀를 바라보고 있노라면 자바빈은 조바심이 들어, 그녀를 안고 싶어지며, 짧고 보드라운 머리를 쓰다듬고 그녀의 따뜻한 숨결을 자신의 목으로 느껴 보고 싶었다.

　자바빈이 아브구스따를 처음으로 만나는 장면 묘사이다. 작가가 묘사하는 아브구스따의 이미지를 통하여 자바빈의 내적 변화, 즉 그가 아브구스따를 사랑하게 되는 이유를 분석해 볼 수 있다.

　자바빈이 아브구스따를 사랑하게 되는 첫 번째 이유는, 아브구스따라는 그녀의 이름과 가을이란 시간적 배경 설정을 통해 암시되는 자바빈의 나이이다.

　두 번째 이유는 바로 아브구스따의 따뜻한 이미지와 연결된다. 자바빈은 섬에 도착하며 주변에 무관심하고 권태로운 모습을 보이는데 이때 원하는 것이 한 가지 있었다. 자바빈은 '따뜻한 방에서(в теплой комнате)' 쉬고 싶었다. 자바빈은 의식적으로 또 무의식적으로 '따뜻함'을 추구하고 있었다. 자바빈은 묘지를 들른 후, 인간과 주변 세계를 향한 관심을 회복하였고, 아브구스따를 만나서는 인간의 따뜻함을 발견함으로써 사랑에 빠지게 된다. 아브구스따의 따뜻한 이미지는 붉은색의 시각적 이미지와 '따뜻한 숨결(теплое дыхание)'이란 촉각적 이미지를 통해 묘사된다. 그녀는 시각적으로 따뜻함을 의미하는 붉은색으로 반복되어 표현되고, 결국은 그 숨결도 따뜻함으로 묘사되어 '따뜻한' 이미지가 확고해진다.

　아브구스따의 따뜻한 이미지는 자바빈의 차가운 이미지와 대조를 이룬다. 아브구스따를 만나기 전 자바빈의 이미지는 차가움으로 묘사된다.

Все это время он был холоден и деловит, когда как директор, радуясь свежему человеку, суетился, болтал, жадно расспрашивал Забавина об Архангельске.<……> Забавин делался все холоднее и деловитее. (77-78) [밑줄-인용자]

관리자가 새로 온 사람을 반기며 쓸데없이 지껄여대고 아르한겔스크에 대해 쉼 없이 캐묻는 동안에도 줄곧 자바빈은 차갑고 사무적인 태도를 보였다. <……> 그는 점점 더 차갑고 사무적이 되어갔다.

반복 사용되고 있는 '차가움'은 자바빈이 권태를 느끼며 주변의 사람들과 사물에 무관심한 태도를 취하는 것을 상징적으로 반영하면서, 그의 차가운 이미지를 강화시키고 있다.

차가운 이미지는 자바빈이 따뜻한 이미지의 아브구스따를 사랑하게 되는 이유로 작용한다. 자바빈은 아브구스따를 만나 사랑함으로써, 차가운 이미지에서 벗어나 따뜻한 이미지를 갖게 된다. 이와 같이, 「섬에서」에서 제시하는 '권태와 무관심에서 탈피'라는 주제는 자바빈의 차가운 이미지가 따뜻한 이미지로 전환되는 과정을 통해 표출된다.

비록 짧은 시간이었으나, 자바빈은 그녀와 사랑과 행복에 관한 대화를 나누며 서로를 더욱 깊이 이해하게 된다. 섬 생활에 지치고 외로운 아브구스따는 아르한겔스크로 나가는 것이 유일한 희망이고 행복이다. 이미 오래전에 결혼하여 두 아이의 아버지인 자바빈은 그녀를 만나면서 세상의 아름다움을 새로이 인식하게 된다. 사랑하는 여인 아브구스따와 함께 있는 자바빈은 주변을 세심하게 바라보며 아름다움을 느낄수 있는 사람으로 변화된다.

Он оглянулся и через три-четыре секунды увидел высокую белую звезду маяка, окруженную сиянием, вспыхнувшую на мгновенье ярким светом в ночи и снова погасшую. Потом звезда

опять вспыхнула и погасла, и так повторялось все время, и <u>бы</u>
<u>ло странно и приятно видеть</u> этот мнговенный немой свет.

  Забавин опять повернулся к Густе. (85) [밑줄-인용자]

  그는 어둠에 익숙해졌고 3, 4초 후에는 한밤에 빛을 잠깐 반짝
했다가 다시 사그라지는 후광으로 둘러싸인, 등대의 높고 흰 별
을 <u>보았다</u>. 그러고 나서 별은 또다시 불빛을 뿜어내고 또 잦아들
기를 계속 반복했는데 이 순간적인 무언의 빛을 <u>바라보는 것이</u>
<u>신기하기도 하고 재미있었다</u>.
  자바빈은 다시 구스짜를 향해 몸을 돌렸다.

  자바빈은 주위를 돌아보고 살펴볼 수 있는 마음의 여유를 갖게 되었
다. 상기 인용문이 보여주듯이, 첫 장면에서 주위의 사물과 사람들에게
눈길조차 돌리지 않던 자바빈이 주위의 자연을 세심하게 바라본다는
것을 알 수 있다. 자바빈이 겪는 자아성찰의 내면적 변화의 결과가 제
시되는 것이다. 이 장면에서 자바빈은 주변에 대한 관심을 회복하고 아
름다움을 느끼기 시작한다. 나아가, 다음 장면에서 면도를 하지 않을
정도로 외모에 무관심하던 자바빈이 거울을 바라봄으로써, 도입부에 제
시되는 권태에서 완전히 벗어난다.

  우연한 만남에서 사랑과 행복을 느꼈던 자바빈은 아브구스따와 어쩔
수 없이 헤어져야 하는 새벽을 맞는다. 이별을 앞두고 제시되는 자바빈
의 행위는 그가 길에서의 우연한 만남을 통해 자신의 내면과 삶을 깊
이 성찰하고 있음을 확인시켜준다. 자바빈은 거울을 바라보고 또 김 서
린 창문을 닦는다.

  Занялся неохотный скупой рассвет. Окно в комнате побелело.
Забавин встал, мельком <u>взглянул в зеркало</u>, <u>увидел свое</u> бледное,
удивленное, испуганное, несчастное и страдающее <u>лицо</u>, подошел
к окну, <u>протер рукой запотевшее стекло</u>. (87) [밑줄-인용자]

　　달갑지 않은 무심한 새벽이 밝아왔다. 방안의 창문이 밝아졌다.
자바빈은 일어나 창백하고 당황스러운, 그리고 고통스러워하는
불행한 거울 속의 얼굴을 잠시 보고는, 창가로 다가가 김 서린
창문을 손으로 닦았다.

　'달갑지 않은 무심한 새벽(неохотный скупой рассвет)'이란 표현에
이별의 안타까움으로 괴로운 자바빈의 내면 의식이 투사된다. 사랑하는
여인 아브구스따를 섬에 혼자 두고 떠나야 하는 사실이 못내 아쉬웠으
므로 떠날 날의 아침이 밝아오는 것을 두려워했던 것이다. 까자꼬프 고
유의 서정적 표현을 통하여 일탈로부터 일상으로 돌아가야 하는 그의
복잡한 심경이 아주 분명하게 드러나는 것이다. 자바빈은 이미 가정이
있는 사람이고 또 사회적 지위가 있기 때문에, 아브구스따를 사랑하고
그녀와 함께 살고 싶다는 생각이 간절하지만 떠나야 하는 것이다. 아직
미혼인 그녀도 또다시 새로운 삶을 살아야 할 것이다.

　거울을 보고 창문을 닦는 자바빈의 행위는 지극히 상징적인 의미를
갖는다. 거울은 곧 자신의 이미지를 상징적으로 표현하고 있는 것이고,
거울을 들여다보는 행위는 자아성찰로 이어진다. 자바빈의 차가운 이미
지는 창문을 닦는 행위, 즉 적극적인 자아성찰의 과정을 통하여 따뜻한
이미지로 전환되는 것이다.

　자바빈이 등장할 때 보여주던 주위에 무관심하던 태도와 비교해 보
면, 이러한 행위는 커다란 변화를 의미한다. 무관심, 권태, 시무룩인 태
도로 일관하던 자바빈이 묘지 방문으로 주변을 둘러볼 여유를 되찾고,
한 여인과의 사랑을 경험하며 자아성찰의 기회를 갖는다. 또한 김 서린
유리를 닦는 자바빈의 행위는 자아발견을 위한 적극성을 보여준다. 섬
주위의 풍경과 섬사람들을 눈여겨보지 않던 그의 무관심이 바깥 세계
를 자세히 보고자 하는 적극적인 의지로 변화한 것이다. 자바빈의 섬
여행과 이러한 그의 행위는 섬과 바다의 관계가 의식에 대한 무의식의

관계를 상징하는 것과 같이 무의식에 가려져 있던 그의 자아가 의식의 수준으로 올라서는 것을 의미한다. 곧 자아발견의 과정인 것이다.

이 단편은 자바빈이 범선을 타고 섬에 도착하는 장면에서 시작하여, 역시 범선을 타고 떠나는 것으로 종결된다. 그러나 범선의 승객 자바빈의 마음은 도착할 때와 떠날 때가 확연히 다르다. 이러한 차이는 자바빈이 섬에서 보낸 며칠간의 경험에 바탕을 두고 있었던 것이다. 다음은 섬에 아브구스따를 홀로 남겨 두고 범선을 타고 떠나는 자바빈의 복잡한 내면 심리가 묘사된 결말 부분이다.

> Забавин послушно разделся и лег на койку, узкую и жестку ю, со спасательным поясом в головах. Кубрик едва заметно под нимало и опускало. За бортом звенела вода. ≪Ну вот и счасть е, –подумал Забавин и сейчас же увидел перед собою лицо Гу сти. –Вот любовь! Как странно⋯⋯ Любовь!≫
>
> И он лежал и, скорбно сжав губы, все думал о Густе и об острове, все виделось ему ее лицо и глаза, слышался голос, и он не знал уже, во сне ли это, наяву ли⋯⋯ Звенела за бортом вода, и звон этот был похож на звук бегущего, веселого, никог да не умолкающего ручья. (89)

자바빈은 얌전히 옷을 벗고, 머리 부분에 구명대가 달린 좁고 딱딱한 간이침대에 누웠다. 범선의 최하 갑판이 상당히 올라왔다가 내려가는 듯했다. 범선 밖에서는 물소리가 울려 퍼졌다. '그래, 이게 바로 행복이야.' 자바빈은 이렇게 생각하였으며 지금 이 순간 그 앞에 아른거리는 구스쨔의 얼굴을 보았다. '이것이 사랑이야! 정말로 이상하지⋯⋯ 사랑이란!'

그는 애처로이 입술을 깨물고 누워 구스쨔와 섬에 관해서 줄곧 생각했다. 그녀의 얼굴과 눈동자가 보이고 목소리가 들려왔다. 그리고 그는 이미 이것이 꿈인지 생시인지 구별할 수 없었다⋯⋯ 범선

밖으로 물소리가 울려 퍼졌으며, 그 소리는 결코 누그러들지 않을
듯 경쾌하게 내달리는 시냇물 소리처럼 들렸다.

자바빈은 사랑의 행복과 이별의 고통을 동시에 경험한다. 그는 예기
치 못한 짧은 만남에서 사랑과 행복을 찾아낸 것이다. 자바빈의 사랑과
행복이라는 지극히 인간적인 감정은 첫 장면에서 보여준, 주위에 무관
심하며, 권태롭고, 사무적인 모습과는 커다란 대조를 보인다. 이러한 변
화는 그가 길에서의 우연한 만남과 이별을 경험함으로써 가능했다. 며
칠간의 짧은 만남이었으나 두 사람은 서로에게 마음을 열었고, 서로 정
신적 교감을 할 수 있었다. 두 사람의 정신적 교감은 바로 상대방에
대한 사랑으로 표현된다. 시간적·공간적 제한 속에서 그들은 물리적
만남에 머물지 않고 그들의 관계를 정신적인 만남으로 승화시킨다. 또
한 그들은 서로 사랑함으로써 행복을 느낄 수 있게 된다. 그들의 운명
적인 이별 역시 서로를 향한 사랑의 표현이다. 이 작품에서 작가는 행
복이란 서로 사랑할 때 가능하다는 자신의 생각을 제시한다.[32]
자바빈은 한 여인과의 만남과 사랑을 통하여 무관심과 권태에서 벗어
나 주변에 대한 관심을 회복하는 자아성찰의 과정을 경험하고 있는 것
이다. 「저기 개가 달려가네요!」의 끄리모프는 길에서의 만남과 이별에서
진정한 만남을 이루지 못하나(невстреча), 「섬에서」의 자바빈은 끄리모
프와 동일한 상황으로 설정된 길에서의 우연한 만남을 진정한 만남(встр
еча)[33]으로 끌어올린다. 자바빈의 만남(встреча)은 그가 외부세계와의 단
절을 극복하고 진정한 자아의 모습을 찾는 것이며, 소녀와 끄리모프의
'만남이 아닌 만남(невстреча)'은 그들이 자연과의 교감 이후 자신을 되

---

32) Н. А. Черкулина, "Проблема героя……,"(Ташкент, 1974), c. 73.
33) Е. Ш. Галимова, 앞의 책, c. 36.
　　갈리모바는 「섬에서」의 두 남녀가 상호 교감과 이해에 도달한 것을 진정한 만남
　　(встреча)으로, 「저기 개가 달려가네요!」의 두 남녀의 만남은 비(非)만남(невстре
　　ча)으로 규정하여, 정신적 만남과 물리적 만남을 구별하고 있다.

돌아볼 자아성찰의 기회를 갖게 한다. 끄리모프, 소냐, 자바빈이 겪는 만남과 이별은 그들 모두에게 새로운 세계를 열어주고 자아성찰의 가능성을 제시한다.

「섬에서」에서 자바빈이 여행 중 우연한 만남을 통해 무관심에서 벗어나 내면을 성찰하고 있다면, 「뜨랄리 발리」의 뱃사공 예고르는 진정한 반려자인 론까를 만나 함께 노래함으로써 권태와 무관심을 극복하고 있다. 일반적으로 특별한 의미를 갖지 않는 '뜨랄리 발리'란 표현이 이 작품에서는 주인공 예고르가 반복 사용하여 권태와 무관심을 강조하는 문학적 장치로 사용된다. 삶의 의미를 찾지 못하는 예고르의 권태와 무관심은 일상적 행위 묘사와 직접 서술을 통하여 드러난다.

Он зевает, зевает со сладкой мукой, замирая. (164) [밑줄-인용자]

예고르는 숨이 끊어질 듯 나른하게 연거푸 하품을 하였다.

Относится он ко всему с равнодушием, с насмешкой, ленив необыкновенно, денег у него бывает много, и достаются они ему легко. (168) [밑줄-인용자]

예고르는 주위의 모든 것에 무관심하고 시큰둥했으며, 꽤나 게을렀는데도 돈은 많았고, 쉽사리 벌어들이기도 했다.

Но думается ему обо всем этом равнодушно и отдаленно. (168) [밑줄-인용자]
하지만 그는 이 모든 것을 머나먼 일로 무관심하게 생각하였다.

Егор равнодушно, медленно, с паузами расспрашивает, кто такие, куда едут, откуда······ (168) [밑줄-인용자]
예고르는 그들이 어떤 사람들이며 어디에서 와 어디로 가는지 천천히, 쉬엄쉬엄 무관심하게 물었다.

'하품하고, 느리게, 천천히, 너무나 게으른(зевает, медленно, с пауза
ми, ленив необыкновенно)'등 행동을 수식하는 표현에서 드러나듯이
예고르는 행동이 느리고 게으르다는 특징을 갖는다. 이와 같이 묘사되
는 예고르의 단편적인 행위는 그의 주위에 무관심한 내면을 표현하기
위한 장치이다.

예고르는 아내를 잃고 삶의 중심을 찾지 못한 채 살아가고 있었던
것이다. 예고르는 삶의 의미를 알 수 없었고 돈을 벌어 그저 술이나
마시며 지내고 있었다. 주변 세계에 대한 그의 무관심은 '뜨랄리 발리'
라는 특별한 의미가 없는 말을 반복함으로써 강조되는데, 예고르는 작
품의 말미에서 '뜨랄리 발리'라는 말버릇을 고치게 된다.[34] 이것은 예
고르가 주변에 대한 무관심을 극복하고 있음을 상징적으로 보여주는
장치이다. 「참나무 숲의 가을」에서와 마찬가지로, 남녀 간의 사랑이 이
루어지는 「뜨랄리 발리」의 주인공 예고르도 인생의 고통을 겪은 후 성
숙한 사랑을 한다는 공통점을 갖는다. 예고르가 상처(喪妻)의 아픔을
딛고 무관심을 극복하는 과정은 예술을 통해 론까라는 여인과 정신적
으로 교감하는 것으로 설명된다.

> И они поют, чувствуя одно только—что сейчас разорвется се
> рдце, сейчас упадут они на траву мертвыми, и не надо уж им
> живой воды, не воскреснуть им после такого счастья и такой
> муки.
> А когда кончают, измученные, опустошенные, счастливые, ко
> гда Егор молча ложится головой ей на колени и тяжело дыши

---

34) 「저기 개가 달려가네요!」의 끄리모프도 역시 특별한 의미를 갖지 않는 '저기 개가
달려가네요!'란 말을 반복하였다. 이와 같은 말을 반복하며 예고르와 끄리모프는
주변에 대한 그들의 무관심을 의식적 혹은 무의식적으로 감추거나 부인한다.

т, она целует его бледное лицо и шепчет, задыхаясь:

—Егорушка, милый······ Люблю тебя, дивный ты мой, золотой
ты мой······

《А! Трали-вали······》-хочет сказать Егор, но ничего не го
ворит. (175) [밑줄-인용자]

　　금방이라도 심장이 터져 죽은 듯 풀밭에 쓰러질 것처럼, 이 행
복과 고통 뒤에는 마법의 생명수도 필요 없이 이대로 죽어도 좋
다는 듯이 느끼며 그들은 노래를 부른다.
　　노곤하고 행복한 그들이 노래를 마치고, 예고르가 그녀의 무릎
을 베고 누워 힘겹게 숨을 내쉴 때, 그녀는 창백한 그의 얼굴에
입 맞추고 숨을 내쉬며 속삭인다.
　　"사랑스런 예고루슈까······ 사랑해요, 놀라운 사람, 소중한 내 사랑······"
　　예고르는 '아! 뜨랄리 발리······'라고 내뱉고 싶었으나 아무 말
도 하지 않는다.

　　진정한 예술적 재능의 발현과 여인의 사랑을 통해 예고르는 삶의 위
안을 얻고, 주변에 대한 무관심에서 벗어난다. 예고르의 무관심한 태도
의 극복은 그가 더 이상 '뜨랄리 발리'란 말을 하지 않는 것으로 상징
적으로 강조되면서 확인된다.
　　「섬에서」의 자바빈과 마찬가지로 예고르는 이성과의 만남과 사랑, 나
아가 예술을 통하여 오랜 무관심과 권태를 극복하여 새로운 시각으로
자신과 인생을 바라볼 수 있게 된다.
　　소냐와 『촛불』에 등장하는 화자가 느끼는 고독, 끄리모프와 뾰뜨르
니꼴라예비치가 겪는 소외감의 극복은 길에서 이루어지는 자연 교감과
세대 간 대화의 결과이다. 나아가 바샤, 바실리, 자바빈과 예고르는 무
관심이란 공통점을 갖는데, 자바빈과 예고르의 무관심의 문제는 예술과
연인의 사랑을 통하여 해소된다.
　　바샤와 바실리 까마닌은 도시라는 공간에 대한 강한 지향성을 갖는

다. 작가는 그들의 향후 행방을 언급하지 않음으로써, 문명화된 도시보다는 자연 공간을 내면 변화, 즉 자아성찰 및 발견의 이상적인 공간으로 규정한 작가 자신의 세계관을 강조한다.

까자꼬프는 길 위에서 이루어지는 다양한 인간관계를 통하여 등장인물에게 자신의 내면과 삶을 사유할 수 있게 한다. 이러한 과정을 거치면서 그들은 개인주의를 극복하고 보편적 가치를 깨달으며 소외와 고독, 무관심과 권태 등의 문제를 극복하게 되는 것이다.

V
길과 만남

　　까자꼬프의 작품에 등장하는 인물들은 길을 떠나고 또 길을 가는 과
정에서 주변 인물들과의 관계를 통하여 자신의 삶과 내면을 성찰한다.
길 떠나기를 통하여 독립하고, 길 위에서 이루어지는 다양한 인간관계
를 통해 자아를 성찰함으로써 까자꼬프의 등장인물들은 소외와 고독,
무관심과 권태 등의 정신적 문제를 극복하게 된다.

　　여기에서 중요한 것은 예술·자연·인간 사이의 연결이라는 까자꼬프
만의 특별하고 효과적인 문학적 장치이다. 작가는 인간이 자아성찰에서
자아발견에 이르는 과정을 예술·자연·인간 등과의 긴밀한 상호관계를
통해 묘사함으로써, 길 주제의 내적 특성을 확대한다. 본고에서는 궁극
적인 자아발견 과정을 인간과 예술, 인간과 자연, 나아가 인간과 인간
의 관계라는 관점에서 설명하고자 한다.

1. 예술과의 만남

　　까자꼬프의 문학에서 음악, 미술, 문학 등의 예술적 요소는 등장인물
의 내면을 효과적으로 드러낼 뿐 아니라, 내면적 변화를 불러일으키는
결정적인 기능을 한다. 「섬에서」, 「파랑과 초록」, 「저기 개가 달려가네
요!」 등의 작품에서 음악은 작품의 분위기를 창출하여 작중인물의 내
면을 효과적으로 표현하고 있다. 나아가, 「밤」, 「뜨랄리 발리」, 「아담과

이브」, 「시계소리」 등의 작품에서 음악, 미술 그리고 문학은 작중인물의 근원적 내면의 변화, 즉 자아발견의 결정적 요소로 작용한다. 음악가 출신인 까자꼬프는 특히 음악적 요소를 자주 작품에 도입하고 있어, 그의 작품이 강렬한 청각적 이미지, 나아가 완결된 하나의 음악 작품으로 독자에게 전달되는 효과를 얻는다. 이러한 음악적 특성이 까자꼬프를 '산문형식으로 시를 읊는 작가(поэт в прозе)'라 일컬어지게 하는 요소 중 하나라고 이미 지적한 바 있다.

「섬에서」에 등장하는 자바빈이 삶의 유한성을 확인하고 사람에 대한 그리움을 회복할 때, 또한 아브구스따에게 사랑의 감정을 느낄 때, 음악은 그의 내면 변화를 보여주는 핵심적 요소로 작용한다. 자바빈은 그의 내면 변화의 계기가 되는 묘지에서 음악과 사람에 대한 그리움을 회복한다. 자바빈을 통해 음악은 인간관계에 비견할 만한 의미를 획득하고 있다.

> И от тумана, от диких воплей ревуна, от вида неподвижных коз ему стало не по себе, хотелось разговора, людей, музыки…… (79) [밑줄 - 인용자]

> 안개도, 선박의 거친 경적 소리도, 자리를 꿈쩍 않는 산양 떼도 싫고, 누군가와 이야기를 나누고 싶고 사람들과 음악이 그리워졌다.

자바빈의 심리적 변화가 음악과 사람에 대한 그리움으로 표현된다. 나아가, 음악은 자바빈이 사랑을 느낄 때와 사랑하는 사람과의 이별을 경험할 때의 심리를 대조적으로 반영한다. 자바빈이 사랑의 기쁨을 느낄 때 음악은 다음 인용문에서와 같이 맑고 투명한 아름다움으로 표현된다.

Стем большим наслаждением слушал он стеклянно-прозрачн
ую музыку. (80) [밑줄-인용자]

커다란 즐거움을 느끼며 그는 유리처럼 투명한 음악을 들었다.

사랑의 기쁨이 투명하며 아름다운 음악으로 제시되고 있는 반면, 이
별을 앞둔 순간의 음악은 다음과 같이 '생기 없는 음악(слабая музык
а)'으로 표현되어 이별의 안타까움을 보여주고 있다.

······играла слабая музыка, бормотали дикторы. (86) [밑줄-인용자]

······생기 없는 음악이 연주되었고, DJ들이 웅얼거렸다.

음악에 대한 청각 이미지는 반복과 변이를 통해 제시되고 있다. 두
이미지는 서로 다른 분위기를 대조적으로 전달한다. 사랑하는 사람과
만남의 기쁨을 느낄 때는 '유리처럼 투명한 음악'으로 이별의 슬픔으로
괴로울 때는 '생기 없는 음악'으로 변이되어 반복된다. 반복과 변이를
통해 제시되는 청각적 이미지는 자바빈이 체험하는 만남의 기쁨과 이별
의 고통을 보다 생동감 있게 표현한다. 또한 위와 같이 대조적인 두 음
악적 이미지는 작품 전체의 이야기를 압축하여 전달하는 기능을 한다.
「섬에서」에서 음악이 사랑하는 사람과 만나고 이별하며 자바빈이 겪
는 내적 체험을 대조적으로 묘사하고 있다면, 「파랑과 초록」에서는 첫
사랑에 점점 빠져드는 알료샤의 내면이 단계적으로 표현된다. 「파랑과
초록」에서 알료샤가 경험하는 첫사랑의 느낌 역시 음악으로 표현된다.

Из голубого окна на втором этаже слышна музыка. <······>
Я стою и слушаю джазовую музыку со второго этажа, из го
лубого окна. <······>

Но я молчу, я весь во власти <u>необыкновенного ритма и сере</u>
<u>брянного звука трубы</u>. (42) [밑줄 - 인용자]

2층 푸른색 창문에서 음악이 들려왔다. <……>
나는 2층 푸른색 창문에서 들려오는 재즈를 들으며 서 있다.<……>
하지만 나는 트럼펫의 맑은 음과 독특한 리듬에 사로잡혀 아
무 말도 못 한다.

어느 아파트 창문에서 들려오는 재즈를 들으며 알료샤는 릴랴를 만
난다. 소년이 듣는 음악은 '음악(музыка)'에서 '재즈음악(джазовая музы
ка)'으로, 또 '트럼펫의 맑은 음과 독특한 리듬(необыкновенный ритм
и серебрянный звук трубы)'으로 표현이 한 단계씩 구체화된다. 알료
샤의 내면을 반영하는 음악에 관한 표현이 구체화될수록 알료샤는 릴랴
에게 강한 사랑을 느끼게 된다. 소년 알료샤가 느끼는 첫사랑의 감정이
음악을 통해 보다 효과적으로 독자들에게 전달될 수 있다. 「섬에서」, 「
파랑과 초록」 등의 작품에서 음악이 사랑을 느끼는 작중인물의 심리를
표현하는 것과 달리, 「저기 개가 달려가네요!」에서 음악은 무관심과 대
화의 단절을 드러내는 요소로 기능한다.
　「저기 개가 달려가네요」에서 시외버스의 운전기사는 어렵게 라디오
채널을 맞추어 재즈음악을 틀어놓는다. '생기 없는 재즈음악(слабый зв
ук джаз)'을 끄리모프와 옆 좌석의 여성이 듣고 있다.

<u>Музыка была тиха, однотонна, одна и та же мелодия</u> бесконе
чно переходила от рояля к саксофону, к трубе, к электрогитаре, и
Крымов с соседкой замолчали, чутко слушая, думая каждый о свое
м…… (210) [밑줄 - 인용자]

<u>음악은 조용하고 단조</u>롭다. 똑같은 멜로디가 피아노에서 색소폰,
트럼펫 전자기타로 바뀌며 끝없이 계속되었다. 끄리모프와 옆 좌석의

여자는 각자 자기 생각에 잠겨 귀 기울여 음악을 들으며 아무 말도 하
지 않았다.

「저기 개가 달려가네요!」에서 끄리모프의 무관심과 폐쇄성, 개인주의
적 성향이 단조롭고 생기 없는 음악으로 표현되고 있다. 'однотонна',
'одна'등 음악에 관한 짧은 표현에 '하나(один)'를 의미하는 두 단어가
포함되어 있다. 이러한 표현은 까자꼬프가 끄리모프의 내적 상태를 규
명하고자 정교히 도입한 예술적 장치이다. 인간의 존재는 궁극적으로
인간관계 속에서 드러난다고 보았던 까자꼬프는 현재 끄리모프의 상태
가 작가가 추구하는 이상적 인간상과 거리가 있음을 보여준다. 끄리모
프의 자기중심적 성향 때문에 옆에 앉은 여자와의 대화가 단절되며, 결
국은 끄리모프 자신이 소외되기에 이른다.

이 단편에서 음악은 끄리모프의 내적 상태를 효과적으로 드러내는
핵심적 기능을 한다. 지금까지 「섬에서」, 「파랑과 초록」, 「저기 개가 달
려가네요!」 등에서 음악이 등장인물들의 심리를 발전시키는 요소로, 또
깊이 있게 의식의 흐름을 표현하는 요소로 기능하는 경우를 분석하였
는데, 음악 이외에도 미술과 문학 등 예술적 요소도 까자꼬프의 문학에
서 등장인물의 정신세계를 이해하는 데 중요하다.

예를 들어, 「아담과 이브」에서 일상의 삶에 지친 화가는 북부 자연
의 아름다움을 통해 영감을 얻고 정신적 위안을 받는다. 또한 「시계소
리」에서 귀족 사회의 무의미한 삶(бесцельность жизни)에 권태를 느끼
는 시인 레르몬토프는 자신이 흠모하는 러시아의 위대한 시인 푸슈킨
의 죽음을 불멸의 문학으로 승화시킨다. 레르몬토프가 사랑하는 유일한
것은 시와 위대한 동시대의 시인 푸슈킨이다.

> Одно он любил еще, мучительно и жарко, −поэзию. А в по
> эзии царствовал Пушкин. (175)

더욱 열정적으로 그가 사랑한 것은 다름 아닌 시였다. 그리고
당시 문단에서는 푸슈킨이 독보적인 존재였다.

푸슈킨의 시를 사랑하는 레르몬토프는 오랜 고민 끝에 푸슈킨을 만
나러간다. 레르몬토프가 푸슈킨을 만나기로 결심하고 길을 향하는 하루
가 이 단편의 시간적 배경이 된다. 레르몬토프가 길을 가는 과정에 느
끼는 시인을 향한 열정이 그가 지니고 있는 '시계소리'의 울림을 통하
여 강렬한 긴장감을 창출한다. 이 긴장감은 마침내 찾아간 시인의 집
앞에서 레르몬토프가 결투에서 사망한 푸슈킨을 보게 되는 대목에서
정점에 이른다. 바로 이 상황에서 레르몬토프는 시인의 비극적 운명을
문학으로 승화시킨다.

Стихи на смерть Пушкина Лермонтов написал в ту же ночь. (182)

바로 그날 밤 레르몬토프는 푸슈킨의 죽음에 바치는 시를 완성하였다.

선망의 대상인 위대한 시인 푸슈킨의 비극적 죽음을 보고, 레르몬토
프는 그 절망감과 정렬적인 사랑을 불후의 명작 '시인의 죽음에 바치
는 시'로 표출하고 있다.
까자꼬프의 문학에서 음악, 미술, 문학 등은 작품의 내용을 효과적으
로 드러내는 요소로만 기능하는 것이 아니라, 작중인물의 정신세계를
규정하는 예술로 제시된다는 특성을 갖는다. 까자꼬프의 등장인물들은
예술을 통하여 정신적 위안을 얻으며 삶의 진리에 접근하고 행복을 발
견한다.
「밤」과 「뜨랄리 발리」에서는 노래, 「아담과 이브」에서는 그림, 「시계
소리」에서는 문학이 작중인물의 정신세계를 규정하는 예술적 요소로
제시된다. 「밤」과 「뜨랄리 발리」에 등장하는 못생긴 소년 세묜과 주정

뱅이 뱃사공 예고르는 성악이라는 천부적 재능을 발휘함으로써 고양된 정신세계를 경험한다. 두 사람은 모두 평범하며 보잘것없는 사람들로 서, 전형적인 까자꼬프의 등장인물들이다. 작가는 사회적으로 많은 것을 갖춘 인물보다는 결점을 가진 평범한 인물을 선호한다.[35]

까자꼬프가 이러한 주인공을 즐겨 선정하는 근본적 이유는 작가 고유의 인간관에 기인한다. 작가는 인간의 참된 가치란 인간의 가치관의 한계를 초월하는 것이라고 여겼고, 모든 인간의 내부에는 인간 본연의 아름다움과 진리가 존재한다고 믿었다. 따라서 까자꼬프는 인간의 사회적 기준으로 볼 때, 부족한 점이 있는 등장인물들에게 예술적 재능을 부여하고 그 재능을 발휘하도록 하여 정신적 고양의 순간을 체험하고 인간 본연의 가치를 드러낼 수 있도록 한다.

「밤」의 못생긴 소년 세묜은 인위적인 교육이 아닌 자연과의 교감을 통하여 스스로 음악적 재능을 드러내며, 밤을 음악으로 표현하고자 노력하며 큰 기쁨을 느낀다. 또한, 「뜨랄리 발리」에서 술주정뱅이 예고르는 사랑하는 여인 룐까와 함께 노래함으로써 지고한 기쁨의 순간을 체험하고 오랜 세월 그를 지배하던 무관심에서 벗어나 숨겨진 자신의 모습을 발견하게 된다.

이와 같이 까자꼬프가 제시하는 음악, 미술, 문학 등의 예술은 작품 내의 내용을 표현하기 위한 효과적 수단일 뿐 아니라, 인간의 정신세계를 고양시키고 예술을 매개로 진정한 자아발견을 도모하여 삶의 위안과 행복을 느낄 수 있게 한다.

---

35) 까자꼬프는 「못생긴 여자」, 「만까」, 「파랑과 초록」, 「밤」, 「뜨랄리 발리」, 「아담과 이브」, 「저기 개가 달려가네요!」, 「울며 통곡하며……」, 「사냥 중에」 등의 작품에서 결점을 지녔거나 혹은 실수하는 등장인물을 제시하고 있다. 이와 같은 주인공의 형상은 까자꼬프 문학의 고유한 특성이다.

2. 인간과의 만남

까자꼬프가 궁극적으로 표현하는 인간의 본질은 인간관계를 통해 드
러나며, 인간관계는 크게 세대 내의 관계와 세대 간의 관계로 분류된
다. 동일한 세대 내의 관계로는 첫째, 남자와 여자의 관계, 둘째, 길에
서 우연히 만나는 두세 명 동행인과의 관계로 나뉜다. 또한 세대와 세
대 간의 인간관계는 아버지와 아들의 관계로 요약된다.

「저기 개가 달려가네요!」, 「섬에서」, 「못생긴 여자」, 「간이역에서」, 「아
담과 이브」, 「참나무 숲의 가을」, 「뜨랄리 발리」 등의 작품에서 남녀관
계, 「울며 통곡하며……」, 「밤」, 「고요한 아침」에서는 길에서 만나는 두세
명 동행인과의 관계, 「사냥 중에」, 「촛불」에서는 세대 간의 문제, 즉 아
버지와 아들의 관계가 제시된다.

본고에서는 까자꼬프가 제시하는 인간관계의 근원을 고찰함으로써
작가가 지향하는 궁극적인 인간관계를 밝히고, 까자꼬프의 길 주제에
연관되는 인간관계를 시간과 공간이라는 개념을 통하여 설명하고자 한
다. 까자꼬프의 여러 작품에서 시간과 공간의 개념은 기존의 물리학적
개념을 넘어서고 있으며, 이러한 시공간의 독특한 변화 및 설정은 까자
꼬프 작품에서 핵심적인 전환점으로 작용하기 때문이다.

까자꼬프 작품세계에서 제기되는 인간관계는 궁극적으로 시간 및 공
간의 제약을 초월한다는 특징을 갖는다. 까자꼬프는 인간의 존재를 규
정하는 시간과 공간이라는 한계를 거부하고, 인간의 존재와 인간과 인
간의 관계가 시간과 공간을 초월하는 의미를 갖는다고 여겼던 것이다.
까자꼬프의 등장인물들은 그들 인간관계의 핵심적인 전환점에서 시간
과 공간의 제한적 인식에서 벗어나고 있다.

단편 「고요한 아침」에서 시골 소년 야슈까와 모스크바 소년 발로자는

공간의 거리를 서로 다르게 인식하는데, 생사의 갈림길이 될 만한 사건을 함께 겪으며 공간 인식의 차이를 극복한다. 두 소년은 서로 알게 된 지 얼마 되지 않았으며, 도시와 농촌이라는 서로 다른 출신 배경이 그들 관계에 긴장을 주는 요소로 작용한다. 농촌 생활과 자연에 익숙한 야슈까는 시골 생활을 잘 모르는 도시 출신 발로자에 대한 우월감을 갖고 비하하고, 발로자는 야슈까를 동경 어린 시선으로 바라본다.

  야슈까의 안내로 발로자는 산길을 지나 강가의 낚시터로 향한다. 두 소년이 그들이 함께 걷는 숲길이라는 공간에 대하여 서로 달리 인식하고 있다.

> Деревня скоро осталась позади, бесконечно потянулся низкор ослый овес, впереди еле проглядывала темная полоса леса.
> —Долго еще идти? —спрашивал Володя.
> —Скоро…… Вот рядом, пошли ходчее, —каждый раз отвечал Яшка.
> Вышли на бугор, свернули вправо, лощиной спустились вниз, п рошли тропкой через льняное поле, и тут совсем неожиданно пер ед ними открылась река. Она была небольшой, густо поросла раки тником, ветлой по берегам, ясно звенела на перекатах и часто раз ливалась глубокими мрачными омутами. (29-30) [밑줄-인용자]

  마을은 어느새 뒤에 남겨지고 키 작은 귀리가 끝없이 펼쳐졌으며, 앞으로는 어스름한 숲의 한 모퉁이가 얼굴을 내밀고 있었다.
  "더 많이 가야 해?" 발로자가 물었다.
  "금방이야…… 다 왔어, 좀 더 빨리 가자." 매번 야슈까는 이렇게 대답하였다.
  작은 언덕에 올라 오른쪽으로 돌고 협곡을 따라 아래로 내려간 다음, 오솔길로 아마 밭을 지나니, 바로 거기에 갑자기 그들 앞에 강이 펼쳐졌다. 버드나무가 빼곡히 서 있었고 강가엔 반짝

버들이 무성한 크지 않은 강이었지만, 물 흐르는 소리가 요란하
고 깊고 무시무시한 소용돌이가 자주 생겼다.

'더 많이 가야 해?'라는 발로자의 질문과 매번 '다 왔어, 좀 더 빨리
가자'라는 야슈까의 대답 속에서 공간의 거리에 대한 그들의 커다란
인식의 차이를 확인할 수 있다. 도시 출신의 발로자는 그들이 걷는 길
의 거리를 멀게 느끼는 반면, 농촌 출신의 야슈까는 가깝게 인식하는
것이다. 문명의 교통수단에 익숙한 발로자에게 먼 거리가 시골의 자연
속에서 성장한 야슈까에게는 아주 가까운 거리로 여겨진다. 그들의 대
화에서 드러나고 있는 바와 같이 두 소년은 동일한 거리와 공간도 서
로 다르게 받아들이고 인식한다. 발로 주파하는 물리적 거리와 차로 주
파하는 물리적 거리의 상대성에서 거리에 대한 인식의 상대성이 만들
어지는 것이다. 바로 동일한 공간에 대하여 상이하게 인식한다는 점이
두 소년의 관계에 긴장감을 주는 핵심적 요소이다.

두 소년의 관계의 긴장감은 우연한 사건을 통하여 극적으로 해소된
다. 발로자는 강에 빠져 익사할 뻔한 고비를 넘기게 된다. 생과 사를
넘나드는 짧은 순간을 함께하면서 두 사람은 서로에 대한 불신의 벽을
극복하고 깊은 사랑을 느끼게 된다. 삶과 죽음이라는 중요한 문제 앞에
서 그들의 외적 차이는 의미를 잃어버렸던 것이다. 인간은 필연적으로
공간에 존재하고 또 인간이 공간을 인식하는 것은 자신의 존재를 인식
하는 것이다[36]. 두 소년의 공간에 대한 인식의 차이는 그들이 갖는 존
재 인식의 차이를 확인시켜주는 요소이다. 죽음의 고비를 함께 한 후,
두 소년을 가로막던 도시와 농촌 출신이라는 외적 차이가 순식간에 사
라져 버리면서, 두 소년의 만남이 물리적 수준을 뛰어넘어 정신적 차원
으로 승화된다. 이때 강이라는 공간적 배경은 두 소년이 공유하는 모든

---

36) 유인순, "소설의 시간과 공간," 이재인 외 편저, 『현대 소설의 이해』(서울: 문학
    사상사, 1997), pp.311-312. 참조.

공간을 수렴하는 삶의 집적소와 동일한 역할을 한다. 바로 이 강에서 그들의 긴장감이 표면화되는 동시에 해소되고 두 사람의 새로운 관계가 형성된다. 급격한 내적 반전을 보여주는 이 단편의 제목으로 까자꼬프는 「고요한 아침」을 택하여 두 소년의 만남이 변화 발전하는 과정을 역설적으로 표현함으로써 그 예술적 효과를 극대화하고 있다. 「고요한 아침」에서 도시와 시골 출신 두 소년이 공간에 대한 인식의 차이를 극복한다면, 「울며 통곡하며……」의 세 주인공은 과거·현재·미래의 시간의 공존을 경험한다.

「울며 통곡하며……」에서 까자꼬프의 독특한 시간 개념이 등장인물들의 깨달음의 순간에 제시된다. 서로 다른 직업과 연령의 엘라긴, 흐몰린, 바냐가 이른 봄 일주일간 사냥 여행을 함께 하는데, 어울릴 것 같지 않은 세 사람은 일주일간의 사냥 여행을 통해 자기 자신과 서로의 관계, 나아가 삶과 죽음의 문제까지 사유할 수 있는 시간을 갖는다. 세 인물은 작가의 서로 다른 인성을 대변하는 분신으로 제시되고 있다. 이 단편은 전형적인 사냥 소설(типичный охотничий рассказ)일 뿐 아니라, 삶과 죽음의 문제 및 인물들의 상호관계, 나아가 지상의 모든 살아 있는 존재에 대한 인간의 책임 문제까지 다루는 철학적 단편소설(Философский рассказ)이다. 그들이 존재하는 여행길에서는 작중인물의 내면을 통하여 시간의 길이가 변화한다. 숲이란 자연 공간 내에서 그들의 시간은 일상의 시간 개념을 초월하고 있는 것이다. 시간은 두 배로 늘어났고(время двоилась), 순간적으로 또한 천천히 흘렀으며(прошло какое-то мгновенно-медленное время), 어제처럼, 천 년 전과 같이(как и вчера, как тысячу лет назад) 샛별이 반짝인다. 「울며 통곡하며……」에서 바냐는 자신과 동일한 공간에 머물었던 과거의 사람들에까지 자신의 의식의 영역을 확장시키고 있다. 이와 같이 작중인물이 체험하는 산길은 시간 차원을 초월하여 새로운 차원으로 들어설 수 있는 가능성을 열어준다. 꾸지미체프는 까자꼬프가 작중인물이 정신적으로 성숙해지는 과정을 관찰하며 시간 체계 그 자체의 열쇠(ключи к самому механизм у времени)를 탐구하고 있다[37])고 보았는데 이는 등장인물의 시간 개념 의 변화와 정신세계의 확장이 상호 밀접한 관계를 갖는다는 점에 주목 한 것이다.

까자꼬프의 문학세계에서 시간은 합리적 사고의 직선적 개념을 넘어 선다. 단편 「울며 통곡하며……」에서 드러난 바와 같이, 시간은 작중인 물의 인식을 통하여 그 길이가 자유로이 길어지거나 짧아진다. 또한 등 장인물들은 시간을 뛰어넘어 그 공간의 다른 인물들과 교감을 하기도 한다. 「울며 통곡하며……」의 소년 바냐는 그가 속한 공간을 매개로 하 여 시간을 초월하여 존재하는 사람들에게로까지 의식을 확장시킨다.

> И Ваня думал о всех людях, которые здесь побывали, и как они тоже топили печь, выпивали и разговоривали. (287) [밑줄 - 인용자]
>
> 바냐는 이곳에 와 이렇게 모닥불을 피우고 술 한잔 하며 이야 기를 나누었을 모든 사람들에 관하여 생각하였다.

「울며 통곡하며……」의 소년 바냐가 과거로 의식을 확장하고 있다면, 「 사냥 중에」의 아버지 뾰뜨르 니꼴라예비치는 동일한 공간을 매개로 하여 미래로 의식을 확장하고 있다. 그가 느끼는 세월의 덧없는 흐름과 새로 운 세대에 대한 질투심은 삶을 순환적 시간의 흐름으로 수용하고 이해하 게 됨으로써 해소된다. 이와 같이, 단편 「사냥 중에」에서는 아버지와 아 들의 시간이 순환적 시간의 흐름 속에서 조화의 질서를 제시한다.[38])

---

37) И.С.Кузьмичев, (Ленинград, 1986), с. 219.
38) 박종홍, Op, cit., pp.85-86.
  시간에 대한 전통적인 입장은 물론 직선적인 흐름이었다. 하지만 반복과 순환의 개념에 익숙한 현대인들에게 있어서는 이러한 시간의식이 거부되기도 한다. 간 혹 시간을 멈추어 놓고 순간적인 일상에서 생겨나는 함축적 의미를 무한하게 탐 구하여 시간을 정지시키기도 하고 사회라는 객관적 세계로부터 방향을 바꾸어

Да, все то же······ И жизнь по-прежнему прекрасна, и будет та
кой всегда, —всегда будут пылать, багроветь и зеленеть закаты и
разгораться тихим светом восходы, всегда будут расцветать цветы
и расти трава, и <u>новые люди будут приходить на места старода
вных охот</u>······(100) [밑줄—인용자]

그렇다, 모든 것은 그대로다······ 인생은 여전히 아름답고 앞으
로도 그럴 것이다. 언제나 노을은 빛나고 붉고 푸르게 물들고, 일
출은 평온한 빛으로 타오를 것이다. 언제나 꽃이 만발하고, 풀이
자라며, <u>태곳적 사냥터로 새로운</u> 사람들이 올 것이기에······

이처럼 아버지 뾰뜨르 니꼴라예비치는 자신과 아들의 관계가 직선적
시간의 흐름을 넘어 순환적 흐름 내에서 긴밀히 연결되어 존재한다는
확신을 얻으며 새로운 삶의 희망을 발견한다.

이와 같은 까자꼬프의 고유한 시간 개념은 「촛불」에서 보다 안정되
고 확고한 시간 구조를 보여준다. 「촛불」에서 아버지의 고독은 시간을
초월한 아들과의 정신적 교감을 통하여 해소된다. 아버지는 아들 알료
샤가 자신의 정신적 '집'[39]임을 확인하고 위안을 얻는다. 아버지의 정
신적 문제를 집이라는 세대를 이어주는 공동의 주거 공간을 중심으로
시간을 초월하여 아버지와 아들 두 사람의 영혼의 대화로 승화시키고
있다. 이 작품에서 아버지와 아들의 관계는 시간과 공간의 제한을 뛰어
넘어 더 높은 차원의 정신적 관계로 진입하는 것이다.

까자꼬프의 시간은 순환의 구조를 갖고 있고, 등장인물의 의식이 고

자아의 내부라는 주관적 세계로 찾아들기도 하는 것이다.
　이러한 관심과 방법은 '의식의 흐름'이나 '내적 독백'에 통하는 것으로, 계속적인
환상을 가능케 하고 몽상과 기억에 의거하여 과거를 추적하며 과거와 현재의 병
치나 혼합을 가능케 하였다.
39) 바로 이 작품에서 까자꼬프의 집은 시간을 초월하여 세대를 이어주는 시간의 가
교로 기능한다.

양되는 순간이 되면 과거·현재·미래라는 시간의 경계가 사라진 채 순환 구조가 현재의 한 공간 속에서 동시에 존재한다. 과거, 현재, 미래의 공존이라는 진리에 이를 때 까자꼬프의 등장인물들은 의식의 확장을 체험하며 고양된 정신세계에 도달하는 것이다. 까자꼬프가 이상향으로 제시하는 궁극적인 인간관계는 시간과 공간이라는 인간 의식의 한계를 초월한다.

까자꼬프가 제시하는 등장인물의 진정한 자아발견은 크게 예술, 자연, 인간관계를 통하여 이루어진다. 까자꼬프가 제시하는 인간과 인간의 관계를 통한 자아발견은 시간과 공간의 고전적 개념을 넘어선다. 까자꼬프의 자아발견은 예술을 통한 정신세계의 고양, 자연과의 교감을 통한 자연과의 조화, 나아가 인간과 자연의 전일성의 체험으로 이루어진다.

3. 자연과의 만남

까자꼬프는 작품에 나타나는 길을 끊임없이 자연을 향하도록 장치하였다.[40] 그리하여, 까자꼬프의 작품에서 등장인물들은 길을 통하여 자

---

40) 까자꼬프의 길을 그 방향에 따라 분류해 보면 궁극적으로 작품 속의 길이 자연으로 향하거나 자연 속에 존재하고 있다. 이때 자연은 까자꼬프의 세계관에 접근할 수 있는 토대가 된다.
까자꼬프가 활동하던 시기의 여러 작가들도 길을 제시하는데, 길은 작가의 세계관을 드러내는 핵심적 요소로 작용하기도 한다. 예를 들어, 나기빈의 길은 자아발견의 길이고, 솔로우힌의 길은 고향을 찾는 길로 규정될 수 있는 것이다.
까자꼬프가 작품성을 높이 평가하였고 개인적 친분이 돈독하였던 블라지미르 솔

연을 느끼고 자연의 영향을 받으며 자연과의 조화, 전일성(全一性)을
체험케 된다.

인간의 정신세계를 즐겨 탐구하였던 까자꼬프는 인간과 자연의 상호
관계에서 그 해답을 찾았는데, 자연과 인간은 결코 분리될 수 없다는
결론을 내린다. 다시 말하면, 자연과 인간이 서로 연결되어 있다는 전
일성의 개념과 맥을 같이한다. 자연은 전 우주를 포함하는 생명체이고,
인간은 이러한 대자연과 분리될 수 없는 하나이다.

까자꼬프의 길 주제에서 주로 제기되는 인간의 정신적 문제, 즉 무
관심과 소외 그리고 고독의 문제는 인간이 자연과의 연결 고리를 일시
적으로 '잊었을 때' 발생한다. 자연과 인간이 하나라는 까자꼬프의 세
계관에서 인간은 결코 자연이라는 큰 우주에서 분리되거나 소외될 수
없다. 다만 고단한 삶에 지친 등장인물이 일시적으로 스스로 소외되었
다고 느끼고 좌절하는 것이며, 주변 세계에 무관심하게 되는 것이다.

예를 들어, 「저기 개가 달려가네요!」에서 끄리모프의 주변에 대한 무
관심, 「사냥 중에」의 뾰뜨르 니꼴라예비치가 느끼는 세월 무상과 소외
감, 「못생긴 여자」의 소냐의 고독도 역시 이와 같은 관점에서 발생되는

로우힌(В. А. Солоухин)의 작품에서도 길은 자주 등장한다. 동시대의 서정적 산
문 작가인 솔로우힌의 『블라지미르 시골 길(Владимирские проселки, 1957)』, 『
이슬방울(Капля росы, 1960)』 등의 작품에서 길은 모두 구체적인 고향 마을로 향
하고 있다. 『블라지미르 시골 길』에서 1인칭 화자는 고향으로 걸어가며 자신의
고향을 새로이 느끼고 있다. 화자는 고향 마을을 더 잘 보고 알기 위하여 도보로
40일간 여행을 한다.
В.А. Солоухин, Собрание сочинений том первый стихотворения лирические ст
ихи (Москва: Художественная литература, 1983), С. 222. 참조
Имей в виду, что, разъезжая по другим странам, ты узнаешь нечто, а путешес
твуя по родной земле познаешь тебя.
물론 다른 나라를 여행하다 보면 뭔가 깨닫는 것이 있겠지. 하지만 고향 땅을 돌
아보면 자신을 알게 된다네.
『이슬방울』의 이슬은 세계를 반영하는 고향 마을, 나아가 러시아를 의미하고 있
다. 솔로우힌의 등장인물들이 걷는 길이 고향을 향한 공간이라면, 까자꼬프의 길
은 궁극적으로 자연을 향한 공간이라고 정의할 수 있다.

것이다. 이러한 무관심, 소외, 고독은 자연과의 합일로써 해소된다. 인
간의 자아발견, 재능의 발휘, 삶의 희망 등은 인간이 잠시 잊었던 자신
과 자연과의 관계를 회복하는 순간에 아울러 가능해진다.

까자꼬프는 인간 중심주의[41])에서 벗어나 자연의 관점에서 인간을 관
찰하고 표현한다.

> Как представитель рощ, водоемов, неба, как тяжело дышащи
> й кусок тишины, как напоминание о подлинном темном вечно
> м, что есть в нас-людях, как в ветвях, рассветах и вольчьей
> шкуре. Большинство писателей описывают природу, глядя на н
> ее-на ольху, затоны, просеки-глазами сегодняшнего человека.
> <u>Казаков же глядит на сегодняшнего человека глазми леса, вепр
> я, дворняги, глядит с нежностью, сокрушенным сожалением и
> родством.[42)]</u> [밑줄-인용자]

> (까자꼬프는) 숲, 저수지, 하늘의 대변자로, 힘겹게 호흡하는 한 조
> 각 고요함으로, 나뭇가지, 새벽과 늑대 가죽 내부에 존재하는 진정하
> 고 신비로운 영원성이 우리 내부에도 있다는 사실을 상기시킨다. 대
> 부분의 작가들은 현대인의 시각으로 오리나무, 웅덩이, 숲의 경계선
> 을 바라보고 묘사한다. <u>까자꼬프는 숲, 멧돼지, 집 지키는 개의 시
> 선으로 현대인에게 동병상련을 느끼며 다정하게 바라본다.</u>

자연의 입장에서 인간을 관찰하는 것이 까자꼬프의 세계관이 갖는
본질적 특성이다. 까자꼬프는 인간 중심적 세계관에서 탈피하여 더 객
관적인 시각, 범주주적 관점에서 인간을 탐구하고자 노력한다. 까자꼬
프의 문학세계에서 자연 및 사물에는 생명이 깃들어 있고, 사람들과 상
호 작용하는데, 자연과 주변 사물의 관점으로 인간이 표현되고 묘사되

---

41) 엘리자베스 클레망 外 3名, Op. cit., p.239.
42) И.С.Кузьмичев, (Ленинград, 1986), с. 221.

기도 한다. 이때 자연은 일정 거리를 유지하며 더 객관적으로 인간의 정신세계의 변화를 표현한다. 이러한 까자꼬프의 자연관은 톨스토이(То лстой), 투르게네프(Тургенев), 체호프(Чехов) 등으로 이어지는 러시아 문학의 전통을 계승한 것이다.

이와 같이 인간 중심주의에서 벗어나 보다 객관화된 세계에서 인간은 자신의 위치, 자연의 우주적 현상과 자신의 정신적 관계에 대한 인식 과정을 시작한다. 이러한 인식의 단계에서 자연 고유의 창조 정신을 이해할 수 있는 험난한 길(тернистый путь человека к постижению со зидающего духа собственной натуры), 모든 자연현상을 느낄 수 있는 이상을 향한 길(путь к идеалу, присутствие которого можно почувств овать в каждом проявлении 'живой' и 'неживой' природы)이 열리게 되는 것이다.43)

「사냥 중에」의 뾰뜨르 니꼴라예비치는 자연과의 교감을 통하여 미래의 새로운 사람들이 동일 공간을 찾을 것이란 생각을 하며 새로운 기쁨과 행복을 찾는데 이것 역시 까자꼬프의 시간관 및 조화의 철학과 긴밀하게 연결된다. 또한, 「울며 통곡하며……」의 소년 바냐가 과거로, 노년에 들어선 뾰뜨르 니꼴라예비치가 미래로 의식을 확장시키는 것은 두 작품의 내적 상호작용이 이루어지는 것으로 해석할 수 있다. 까자꼬프의 여러 작품에서 이와 같은 긴밀한 연결성, 즉 상호텍스트성을 발견할 수 있는데, 「울며 통곡하며……」의 바냐는 「사냥 중에」에서 그 시각이 밝혀지지 않고 있는 뾰뜨르 니꼴라예비치 아들의 시각을 대변하고 있다.44)

「울며 통곡하며……」의 화자는 등장인물의 의식 확장의 순간에 '또

---

43) Там же, с. 218-219.
44) 「파랑과 초록」의 알료샤는 「사냥 중에」의 뾰뜨르 니꼴라예비치의 과거 모습이고, 그 아들의 현재 모습이며, 「울며 통곡하며……」의 바냐와 유사하다. 까자꼬프의 여러 작품은 이와 같이 내적으로 연결되어 하나의 통일체를 형성한다.

다른 삶이 시작되었다(настала́сь ина́я жизнь)'라고 서술하고 있는데, 이
것은 두 가지 의미로 해석된다. 표면적으로는 낮이 저물고 밤이 되었다
는 직선적 시간의 변화를 의미하고, 내면적으로는 세 등장인물의 의식
의 확장과 더불어 삶의 변화를 보여준다. 바로 샛별의 등장이 그 사실
을 환기시키고 뒷받침한다.

> Как и вчера, как тысячу лет назад, чистой блестящей каплей м
> ежду черными как сажа вемвями дубов засверкала Венера. <······>
> И это значило, что настала ночь и началась иная жизнь. (283)
> [밑줄 - 인용자]

> 어제처럼, 그리고 천 년 전처럼, 참나무의 새까만 나뭇가지 사
> 이로 영롱한 방울같이 샛별이 빛나기 시작했다. <······>
> 밤이 되고 새로운 삶이 시작된 것이다.

인용문에서 보듯이, 「울며 통곡하며……」에서 샛별의 등장은 세 주인
공이 경험하는 정신세계의 변화를 의미한다. 「못생긴 여자」의 소녀가
별빛을 통해 자연의 아름다움을 깨닫고 자연과 조화를 이루는 것과 같
이, 까자꼬프의 작품에서 별빛은 심안의 상징으로 작용한다. 「울며 통
곡하며……」에서도 샛별의 등장은 세 인물 바냐, 엘라긴, 흐몰린의 의식
의 전환과 긴밀히 연결되고 있다. 그들이 자연과의 만남으로 시간 개념
의 변화를 받아들일 때 의식의 확장, 즉 삶의 깨달음을 얻고 있으며,
이와 같은 사실은 샛별의 등장과 함께 더욱 분명해진다. 「울며 통곡하
며……」를 철학적 작품(рассказ философский)으로 해석하는 것은 등장
인물들의 이와 같은 내면적 변화에 초점을 맞춘 것이다.45)

---

45) *Вопросы литературы,* н. 2 (1979)
   Думаю, что задача литературы-изображать именно душевные движения челов
   ека, причем главные,а не мелочные. Потому до сих пор для нашей литератур

까자꼬프의 작품세계에서 이와 같은 전환의 순간은 철학적 상징으로 처리된다. 자연은 등장인물을 은밀한 장소로 이끌고 시간의 경계를 무너뜨리며, 그들이 홀로 우주와 대면해 영원성을 발견하고 떠오르는 샛별을 주의 깊게 바라보게 한다. 까자꼬프의 예술관은 언제나 현실을 초월한 우주적 공간과 시간의 심연에서 등장인물을 조망한다.[46]

'인생에서 행복이 가능한가?'라는 질문은 까자꼬프의 전체 작품을 관통한다. 까자꼬프가 제시하는 행복이란 삶의 매 순간이 가진 특별하고 유일무이한 가치를 인식할 때 가능하다.[47] 순간을 온전히 받아들이는 그 순간이 곧 행복인 것이다. 등장인물의 의식 확장이나 행복의 순간이 시간 개념과 연결되는 것 역시 이러한 작가의 세계관, 행복관과 함께하는 것이다. 그들은 행복을 느끼는 그 순간에 영원성을 체험한다. 그 반대의 설명도 가능하다. 바로 그들은 순간의 영원성을 확인할 때 행복을 느끼는 것이다. 이때 까자꼬프가 제시하는 시간의 영원성과 자연관은 자연과 인간이 하나라는 전일성으로 귀결된다. 「울며 통곡하며……」의 세 주인공 역시 그와 같은 정신적 고양의 순간을 체험하고 있으며, 작품 속에서는 그들의 일상적 행위마저도 정신적 의미를 갖는 것으로 해석된다.

엘라긴, 흐몰린 그리고 바냐는 그들의 일상적 삶의 공간을 떠나 자연 속에서 자연과 호흡하고 느끼며 새로운 삶을 체험한다. 그들의 변화

ы главная фигура Лев Толстой. Дворянство, помещики, крепостное право—все это ушло, а читаешь с прежним наслаждением, как сто лет назад. Не ушли оп исанные им движэнием души. Толстой современен.

문학의 과제란 인간 영혼의 움직임을 표현하는 것이라고 생각해요. 바로 이러한 연유에서 오늘날까지 톨스토이가 우리 문학의 거장인 것이지요. 귀족, 지주, 농노제도 등은 모두 사라졌지만, 백 년 전과 같은 감동을 느끼며 그 작품을 독서할 수 있는 겁니다. 톨스토이의 인간 영혼에 관한 묘사는 사라지지 않았습니다. 그래서 톨스토이는 현대적 작가입니다.

46) И.С.Кузьмичев, (Ленинград, 1986), с. 220.
47) Е. Ш. Галимова, 앞의 책, с. 25-26.

는 자연과의 교감을 통해 이루어지는데, 이는 자연과의 조화라고도 표현될 수 있다. 앞서 살펴보았던 「못생긴 여자」와 「사냥 중에」 등의 작품에서도 등장인물들의 행복과 위안은 자연과의 자연스러운 관계, 즉 조화를 통해 가능하였다.

또한, 「저기 개가 달려가네요!」의 끄리모프가 사흘간의 행복을 추구하는 것 역시 이러한 맥락에서 이해할 수 있다. 끄리모프는 오랜 시간 자연과의 단절로 자연과의 조화를 무의식적으로 바랐던 것이며, 그러한 바람이 사흘간의 행복이라고 표현되었다. 끄리모프는 자연 속에서 온전한 사흘을 보낸 후, 자연과의 단절을 극복하고 자연과의 조화로운 합일을 이루는데, 이때 비로소 주변을 살피고 배려할 여유를 찾게 되었다.

「파랑과 초록」에서 첫사랑을 경험하는 알료샤는 릴랴와의 교제 도중 두 번의 북부 여행을 한다. 앞서 분석하였듯이, 알료샤의 여행은 자연과의 교감이었으며, 그 여행은 소년 알료샤의 시야를 넓혀준다. 알료샤는 북부 여행으로 자신의 감정 변화를 인정하고 받아들이게 될 뿐 아니라, 상대방인 릴랴를 보다 올바르게 바라볼 수 있게 된다. 결국 알료샤는 자연을 향한 여행을 통해 자아발견의 첫 과정을 밟은 것이다.

또한, 「테디」에서 곰 테디는 도시의 서커스단을 떠나 북부에 있는 고향 숲으로 향한다. 테디의 여행은 잃어버린 본성을 찾는 과정이었고, 자연과의 조화를 위한 끊임없는 도전의 연속이었다. 테디가 어린 시절을 보낸 고향의 숲으로 돌아오는 것은 바로 자연의 조화로운 삶 속으로 테디가 합류함을 의미한다. 자연과 조화를 이루며 테디는 인간의 곰이 아닌 자연의 곰으로서 자유를 만끽한다.

앞서 살펴보았던 작품들에서 몇 가지 결론을 도출할 수 있다. 목적과 방법은 서로 다르지만, 등장인물들은 도시와 일상을 떠나 숲, 강 등의 자연을 향해 길을 떠난다. 또한 자연 공간에서 그들은 모두 자연과 교감하고 의식적이든 무의식적이든 자연과 합일을 이루는 순간을 맞는다. 그 순간 그들은 자연이라는 작가의 독특한 장치를 통하여 고단한 삶에서 위안을 얻고 순수한 행복을 체험한다. 이들 등장인물들이 맞이하는 행복의 순간은 작가가 제시하는 자연과의 조화 속에 찾아온다.

VI

결 론

지금까지 까자꼬프 작품에 나타나는 길에 대한 연구는 독특한 묘사와 서정성에 초점을 맞추고 있으나, 까자꼬프가 제시하는 길은 아름다운 묘사와 서정성을 갖는 배경 이상의 의미를 갖는다. 문학의 궁극적 과제가 인간의 의식의 흐름을 표현하는 것이라고 여겼던 작가가 길을 통하여 묘사하는 것은 인간 정신세계의 발전과정이었다. 까자꼬프가 탐구하는 인간의 정신세계는 길 떠나기, 길에서 형성되는 인간관계의 경험, 나아가 보편적 진리에 이르는 자아발견의 과정으로 요약된다.

길 연구의 선결과제로서, 까자꼬프가 제시하는 길을 크게 방향성과 동반자 관계를 중심으로 분류할 수 있음을 밝혔는데, 방향성을 기준으로 까자꼬프의 길은 시골 길과 도시 길로 나뉘고, 동반자 관계는 남녀관계, 부자관계, 두세 명의 동행과의 관계, 동물 주인공 등을 기준으로 분류되었다. 이러한 길 유형 분류를 통하여 작가가 제시하는 길은 자연을 향하는 공간이며, 다양한 인간관계를 경험하고 성찰하는 장소라는 사실이 증명되었다.

작가가 제시하는 길 떠나기는 곧 자아인식의 시작이다. 「파랑과 초록」의 알료샤, 「테디」의 테디, 「길을 가다가」에 등장하는 스네기로프의 길 떠나기는 어머니로부터의 정신적인 독립, 즉 새로운 외부세계를 경험하는 과정이다. 길 떠나기를 통하여 알료샤와 스네기로프는 미성숙을, 테디는 인간에 대한 종속성을 극복하고 자유를 느낀다. 이들의 길 떠나기는 안정된 보호의 테두리를 벗어나 홀로서기를 향한 첫 통과의례이다.

길 떠나기를 통해 일상의 제약에서 벗어났다면, 길에서의 다양한 경험은 인생에 대한 성찰의 기회를 제공하여, 현실 삶 속의 여러 정신적 문제를 극복할 수 있게 한다. 까자꼬프는 소외와 고독, 무관심과 권태가 인간의 근원적 정신적 문제라고 보았으며, 이러한 문제를 깊이 탐구하고 그 해결책을 모색하고자 했던 것이다. 「저기 개가 달려가네요!」의 끄리모프, 「못생긴 여자」의 소냐, 「사냥 중에」의 뾰뜨르 니꼴라예비치, 「촛불」의 화자 등이 겪는 소외와 고독은 길에서 이루어지는 남녀관계, 부자관계 등의 인간관계를 통해 심화되고 극복된다. 작가는 인간의 본질은 인간관계를 통하여 드러난다고 보았고, 다양한 인간관계를 경험함으로써 궁극적으로 자아를 찾을 수 있다고 여겼다. 이들 주인공은 남녀관계를 통해 자신의 본성을 깨닫고, 부자관계를 성찰함으로써 순환하는 인간관계의 본질을 이해하여 소외와 고독에서 벗어나 위안을 얻는다.

「간이역에서」의 바샤, 「도시로」의 까마닌, 「뜨랄리 발리」의 예고르, 「섬에서」의 자바빈은 무관심과 권태를 느낀다. 바샤와 까마닌의 무관심은 작품 내에서 극복되지는 않으나, 도시로의 길 떠나기를 통하여 새로운 성찰의 가능성이 암시된다. 예고르는 음악과 여인의 사랑을 통하여, 자바빈은 여행 중에 우연히 만난 아브구스따를 사랑하게 됨으로써 무관심과 권태를 극복하고 새로운 삶의 의욕을 되찾기 때문이다.

작가가 탐구하는 현대인의 소외와 고독, 무관심과 권태의 문제는 개인주의, 이기적인 사고에서 비롯된다. 끄리모프의 경험에서 보았듯이, 그는 개인적인 행복을 추구하는 과정에서 주위의 사람에게 무관심하였고, 무관심은 진정한 인간관계로부터 멀어지게 하여 종국에는 자신이 소외되기에 이른다. 이렇듯 까자꼬프가 제시하는 소외와 고독, 무관심과 권태 등 인간의 정신적 문제는 서로 긴밀히 연결되어 있으며, 그 뿌리로는 이기적인 개인주의가 지적된다. 까자꼬프가 제시하는 문제 극복의 토대는 바로 개인주의적 이기심에서 벗어나는 것이다. 개인주의에서 벗어나 전일적 세계관을 갖게 될 때, 인간은 진정한 자아를 발견하고 보편적 진리에 도달한다.

작가는 예술과 자연, 그리고 인간이 맺는 긴밀한 관계를 이해함으로써 인간의 정신적 문제들이 극복될 수 있다고 보았다. 개인주의적 세계관에서 벗어나도록 돕는 매개체로 기능하는 것이 인간과 예술, 인간과 자연, 나아가, 인간과 인간의 관계이다. 예술과 자연은 보편적 가치를 깨닫고 아름다운 인간의 본성을 찾도록 돕는다. 음악 연주가로 활동했던 까자꼬프는 음악, 미술, 문학 등의 예술과 인간 정신세계의 내밀한 상호관계에 주목하였으며, 진정한 예술의 발현을 통하여 인간의 정신세계가 확장될 수 있다고 보았다. 예술을 통해 현대인의 여러 정신적 문제를 해결하고, 개인주의적 사고에서 벗어나 보편적 가치를 발견하는 것이다.

까자꼬프의 길은 자연을 향하는 공간이다. 작가는 길을 통하여 인간이 자연을 향하고, 또 자연 속에 머물 수 있도록 한다. 「못생긴 여자」의 소냐, 「사냥 중에」의 뾰뜨르 니꼴라예비치 등은 자연과 교감하며 자연의 아름다움을 느끼고 삶의 위안을 얻는다. 자연은 인간을 있는 그대로 받아들이고 위로하며, 인간 내부의 가장 아름다운 본성과 재능을 일깨운다. 그들은 자연과 자신이 서로 연결되어 있다는 전일적 사고에 이르고, 직선적 시간 개념을 넘어 순환적 시간 개념의 세계로 의식의 확장을 경험한다. 시간은 과거·현재·미래의 경계가 와해되면서 등장인물들의 의식 속에서 동시성을 획득한다. 까자꼬프는 인간과 자연을 하나의 단일체라고 여겼으며, 현대인의 불행과 정신적 병폐가 자연과 인간의 관계회복을 통하여 치유될 수 있다고 보았다. 작가가 탐구하는 인간의 도덕적 문제는 인간이 자연과의 연결 고리를 상실하고 소외되었다고 느낄 때 드러난다. 까자꼬프의 길이 자연으로 향하는 이유는 등장인물들이 자연으로부터의 단절, 즉 소외를 극복하고, 자연과의 교감을 통하여 자연과의 전일성을 확인하고 조화를 이루기 위함이다.

작가는 인간 중심적 세계관에서 벗어나 보다 보편적이며 객관적 시각에서 인간을 관찰하고 탐구하고자 하였다. 못생긴 소냐와 세묜, 고아

인 만큼, 미성숙한 알료샤와 스네기로프 등 못난 주인공을 즐겨 등장시
키고, 또 곰 테디와 사냥 개 알크투르 등 동물 주인공을 통해 인간이
아닌 동물의 시각을 고찰하는 것 역시 이러한 작가의 세계관과 맥을
함께한다. 까자꼬프 서정성의 핵심이 되는 시각·청각·후각·미각 등 감
각을 통한 묘사 기법 역시 인간 인식의 한계를 수용하고 보다 보편적
세계관을 표현하기 위한 수단이었다. 따라서 까자꼬프에 대한 기존의
연구가 그의 문체적 특성과 서정적 특성에 초점이 맞추어진 것은 작가
의 세계관을 축소 해석한 결과이다.

　본 연구는 여러 작품에서 서정적이며 낭만적인 자연배경으로 제시되
고 묘사되고는 있지만, 까자꼬프의 길이 단순한 배경의 차원을 넘어 작
가의 철학적 의도를 파악할 수 있는 요소로 작용하고 있음을 확인하였
고, 나아가 까자꼬프의 길은 자연을 향하는 공간으로서 인간과 자연의
관계를 조화란 철학의 관점에서 제시한다는 점을 밝혔다.

參考文獻

(* 표시는 본문 인용 텍스트임.)

1. 國內文獻

* 국립국어연구원, 표준국어대사전, 서울: 두산동아, 1999.

　나병철, 소설의 이해, 서울: 문예출판사, 1998.

* 멘딜로우 A. A., 최상규 譯, 시간과 소설, 예림 문예과학 총서, 1998.

* 바슐라르, G., 곽광수 譯, 공간의 시학, 서울: 민음사, 1990.

* 박종홍, 현대소설원론, 서울: 중문출판사, 1993.

　방교영, "유리 까자꼬프의 '집-길' 연구," 노어노문학, 1999 제11권 제11호.

* 스티븐 호킹 著, 현정준 譯, 시간의 역사, 서울: 삼성출판사, 1992.

　에릭 루이 지음, 이한헌 譯, 인간과 언어. 예술, 서울: 예하, 1994.

* 에릭 에크로이드 지음, 김병준 譯, 심층심리학적 꿈상징 사전, 한국심리치료
　　　　연구소, 1997.

* 엘리자베스 클레망 外, 이정우 譯, 철학사전, 서울: 동녘, 2000.

* 이명섭 편, 세계문학비평용어사전, 서울: 을유문화사, 1992.

* 이재인 외 2명 편저, 현대소설의 이해, 서울: 문학사상사, 1997.

　챨스 E. 메이 엮음, 최상규 譯, 단편소설의 이론, 서울: 정음사, 1983.

* 한용환, 소설학 사전, 서울: 고려원, 1996.

2. 外國文獻

1) 러시아어 文獻

* Юрий Казаков, Избранное рассказы. Северный дневник. Москва: "Художес
　твенная литература", 1985.

* Юрий Казаков, Во сне ты горько плакал, Москва "Современник", 2000.

* Юрий Казаков, Манька, Архангельск "Архангельское Книжное издательство", 1958.

Юрий Нагибин, Терпение. Москва, Издательский Дом, 1983.

* Владимир Солоухин, Собрание сочинений. Москва, Художественная литература, 1983.

* Апухтина, З. А., Современная советская проза (60−е ∼ начало 70−х годов). Москва, Высшая школа, 1977.

Битов, А., "Границы жанра." Вопросы литературы. 1969, н. 7.

Битов, А., "Прямое вдохновение. Памяти Юрия Казакова." Вопросы литературы, 1984, н. 7.

* Галимова, Е. Ш., Художественный мир Юрий Казакова. Архангельск, Издательство Поморского государственного педагогического университета, 1992.

* Гачев, Г., "Болгарский и русский образы пространства(Ботев и Лермонтов)" Национальные образы мира. Москва, 1988.

Горышин, Г., "Сначала было слово. Воспоминание о Юрий Казакове." Наш современник, 1986, н. 12.

Горячева, М. О., "Дорога как семантическая единица пространственного мира А. П. Чехова" О поэтике А. П. Чехова. Сборник научных трудов. Иркутск, 1993.

Гусев, В., "Судьба Казакова" Казаков избранное Москва, 1985.

Клепикова, Е., "Север сокровенный." Новый мир, 1974, н. 7.

* Казаков, Ю., "Для чего литература и для чего я сам?" Вопросы литературы, 1979, н. 2.

Короленко, С., "Дорога. Движение, пространство и время в России, Америке и СССР." Независимая газета, 24. 11. 1994.

* Кузьмичев, И. С., Юрий Казаков ДВЕ НОЧИ Проза. Заметки. Наброски. Москва, Современник, 1986.

* Кузьмичев, И. С., Юрий Казаков Набросок портрета. Ленинград, Советский писатель ленинградское отделение, 1986.

Лотман, Ю. М., "Средства передвижения. Дорога". 『Евгений Онегин』 ком ентарий. <u>Роман А. С. Пушкина,</u> Ленинград, 1983.

* Михайлова, Л., "Юрйи Казаков 『Свечечка』". <u>Литературное обозрение,</u> 1975, н. 4.

* Нинов, А., "Юрий Казаков." <u>Сквозь тридцать лет. Проблемы. Портреты. П олемика.</u> Лелинград, 1987.

Овгоренко, А., "『Северный дневник』 Юрия Казакова", <u>Большая литератур а,</u> Москва, 1985.

* Пьянов, А., "Неоконченный разговор с Юрием Казаковым." Огонек. 1989, н. 5.

Русские писатели 20 века: Биографический словарь / Гл. ред. и сост. П. А. Николаев. Редкол.: А. Г. Бочаров, Л. И. Лазарев, А. Н. Михайлов и др. ‒Б ольшая Российская энтиклопедия.: Рандеву‒А. М. 2000.

Савостин, И. Г., "Сюжет дороги в поэзии Некрасова (『Последние элегии』)" <u>Жанр и композиция литературного произведения.</u> Калинин‒град, 1978.

* Салынский, О., "Дом и дороги." <u>Вопросы литературы.</u> 1977. н. 2.

* Старикова, В. А., "Образ дороги в произведениях Чехова и Левитана," <u>Тво рческий метод А. П. Чехова.</u> Ростову‒на Дону, 1983.

Тураев, С. В., <u>Литература. Справочные материалы.</u> Москва, просвещенение, 1988.

Турбин, В., "Юрий Казаков: человек и писатель." <u>В Кн: Ю. Казаков. Расс казы.</u> Москва, 1983.

Штокин, И., "Долгое эхо. Юрий Казаков‒рассказы." <u>Литературное обозре ние,</u> 1984, н. 5.

Чебракова, Е. В., "Традиции И. Бунина в творчестве Ю. Казакова," <u>Литер арутный прогресс: традиции и колоторство.</u> Архангельск, 1992.

* Чекулина, Н. А., "Лирическая проза Юрия Казакова (проблематика и жанр овые особенности)." <u>Автореферат канд. дис.</u> Москва, 1984.

* Чекулина, Н. А., "Нравственные проблемы в лирико‒философской новелле Юрия Казакова (『Двое в декабре』, 『Некрасивая』, 『Адам и Ева』, 『Вон беж ит собака』, 『На острове』)" <u>Вопросы литературы, Ученые записки Ташкент ского гос. пед. института им. Низами.</u> Том 130, 1974.

* Чекулина, Н. А., "Проблема героя в ранних рассказах Юрия Казакова (Сбо

рник 『На полустанке』)" Вопросы литературы, Ученые записки Ташкентско го гос. пед. института им. Низами. Том 130, 1974.

* Чекулина, Н. А., "Рассказы Юрия Казакова в лирической прозе 60-х годо в (『Голубое и зеленое』)" Искуство слова(о мастерстве писателя и критик а). Сборник научных трудов, Ташкент, 1982.

2)영어 文獻

* Gibian, G., "Yurii Kazakov," Major Soviet Writers, Cornell University, 1963.

Max Hayward and Edward L. Crowley., Soviet Literature in the Sixties, New York. London.

* Roman, G., Iurii Kazakov(1927−1982): Growth of the Writers Consciousness. Cornell University, 1992.

* Samuel, F. Orth. "Jurij Kazakovs ADAM I EVA: Love and Isolation." Russian Language Journal, 1980 spring.

Terras, V., Handbook of Russian Literature. New Haven, Yale University Press, 1985.

* Wolfgang Kasack, Dictionary of Russian Literature since 1917, Columbia University Press, New York, 1988.

Резюме

Исследование ʻДорогиʼ в художественном мире Юрия Казакова

Панг Ге−Енг

Университет иностранных языков "Ханкук"

Отделение русского языка и литературы

Данная работа посвящена теме дороги в рассказах Юрия Казакова. Целью данного исследования является изучение образа дороги, котор ые занимают важное место в рассказах Юрия Казакова. До сих пор многие ученые отмечали, что у Казакова дорога—это красивый пейза ж для создания лирического настроения. Но, автор данной работы сч итает, что в художественном мире Казакова дорога приобретает еще и философское значение.

Все рассказы Казакова можно разделять по разным признакам;

Во−первых, казаковские дороги разделяются на две категории по своему направлению—дороги в деревню и дороги в город. Во многи х произведениях Казакова дороги ведут в деревню.

Во—вторых, их можно разделить на четыре вида по другому приз наку—с кем герой находится в дороге—отец и сын, мужчина и жен щина, спутники, герои—животные.

Исходя из описанных признаков дороги рассказов Казакова можно опре делить как дороги к природе, а также дороги, где происходят встречи с различными людьми.

Это означает, что необходимо подробнее рассматривать героев, ког да они находятся в дороге.

Что делают герои Юрия Казакова в дороге?

Во—первых, отправляясь в дорогу, герои начинают освобождаться от незрелости и зависимости, а также достигают свободы. Тем самы м герои начинают открыть себя. Например, в рассказе ≪Голубое и з еленое≫ Алеша преодолевает незрелость, в рассказе ≪Тэдди≫ Тэдди освобождается от зависимости от людей, а также Снегирев преодолев ает незрелость. Отправляясь в дорогу, все они достигают свободы.

Во—вторых, встречаясь с различными людьми в дороге, герои исп ытывают духовные проблемы, такие как отчуждение, одиночество и р авнодушие, и в конце концов преодолевают эти проблемы. В рассказа х ≪Вон бежит собака!≫≪Некрасивая≫≪На охоте≫ и ≪Свечечка≫ все герои, включая Крымова, Соню, Петра Николаевича, будучи в до роге, испытывают одиночество и чувство отчуждения. Во время путе шествий, находясь на лоне природы, встречаясь с различными людьм и, они получают возможность глубоко обдумать свою жизнь и взаим оотношения с людьми. Тем самым они освобождаются от чувства оди ночества и отчуждения и начинают чувствовать себя счастливыми.

Очень важно отметить, что именно помогает героям решить их проблем ы. Это—встречи с природой, встречи с искусством и с различными людьми.

Во многих рассказах Казакова, например ≪На охоте≫, ≪Ночь≫, ≪Вон бежит собака!≫, ≪Некрасивая≫, ≪Тэдди≫, ≪Голубое и зеление≫, герои направляются к природе или находятся на лоне природы. Встреча с природой предоставляет героям возможность глубже заглянуть в себя, найти счастье и, наконец, обрести себя.

В рассказе ≪На охоте≫ Петр Николаевич, находясь в лесу, освобождается от всех огорчений и испытывает ничем не омраченное счастье.

В рассказе ≪Ночь≫ красота природы помогает Семену открыть в себе музыкальный талант.

В рассказе ≪Вон бежит собака≫ механик Крымов равнодушно относился к своей соседке по автобусу. Но спустя три дня, находясь на лоне природы, Крымов испытывает чувство вины.

Когда герои рассказов Казокова находятся в дороге, то природа, и скусство и встречи с людьми помогают героям преодолеть эгоизм и индивидуализм, а также осознать всеобщую ценность человечества. Когда герои осознают высочайшую ценность жизни, то исчезают границы между человеком и проиродой, между человеком и человеком, а также между будущим, настоящим и прошлым.

В творчестве Казакова природа одушевлена. Она оказывает влияние героев его рассказов, а также помогает им открыть себя в конце концов. В изобржении пейзажей и внутренного мира человека музыка и литература играют и важную роль.

Казаков считает, что задача литературы—изображать внутренний мир человека. Стремясь к изображению внутреннего мира человека, Казаков пришел в своем творчестве к философии "гармонии человека и природы". По его мнению, человек и природа связаны, а также те сно люди связаны друг с

другом, и не возможно отделить их друг от друга.

В его рассказах герои часто думают, что они отчуждены от приро ды и от остальных людей. Тогда они испытывают одиночество, отчу ждение и равнодушие. Но в действительности они никогда не отдел ены от природы и других людей. Они просто временно забыли о св оей тесной связи с проиродой и человеком. Человек и природа—еди ное целое. Встреча с природой помогает людям вспомнить свое чело веческое достоинство и открыть себя.

방 교 영

현재: 한국외대 통번역연구소 소장
　　　한국외대 통역번역대학원 한노과 주임교수
저서: <FLEX 러시아어>, <러시아번역이론사>(번역) 외 논문 다수

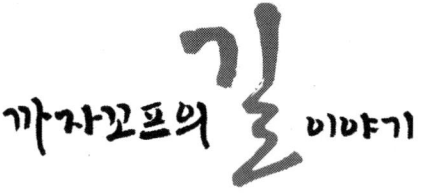

까자꼬프의 길 이야기

• 초판 인쇄　2007년 3월 30일
• 초판 발행　2007년 3월 30일

• 지 은 이　방교영
• 펴 낸 이　채종준
• 펴 낸 곳　한국학술정보(주)
　　　　　　경기도 파주시 교하읍 문발리 526-2
　　　　　　파주출판문화정보산업단지
　　　　　　전화　031) 908-3181(대표) · 팩스　031) 908-3189
　　　　　　홈페이지　http://www.kstudy.com
　　　　　　e-mail(출판사업팀사업부)　publish@kstudy.com
• 등　　록　제일산-115호(2000. 6. 19)
• 가　　격　12,000원

ISBN　　978-89-534-7541-0 93890 (Paper Book)
　　　　　978-89-534-7542-7 98890 (e-Book)